KB059685

자기만의 방

일러두기

1. 본문에 쓰인 인명, 지명, 책 제목, 제호 등은 외래어표기법에 따라 표기하였다. 단행본이나 장편소설, 신문이나 잡지 제호는 겹낫표『 』로, 그 외 단편 작품은 홑낫표「 」로 표기함으로써 구분하였다.

2. 독자의 이해를 돕기 위해 본문에 쓰인 인명과 지명의 설명을 각주로 달았다. 또한 '원주'에는 설명 끝에 (원주) 표식을 두었고 '옮긴이 주'의 경우에는 별도의 표식을 하지 않았다. 다만 한 설명 안에서 원주와 옮긴이 주가 동시에 있는 경우에는 (옮긴이 주), (원주) 표식으로 구별하였다.

A Room of One's Own

자기만의 방

버지니아 울프

오진숙 옮김

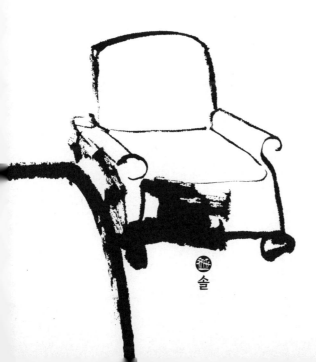

솔

울프 전집을 발간하며

왜 지금 울프인가? 1941년 3월 28일 양쪽 호주머니에 돌을 채워 넣고 우즈 강에 투신 자살한 작가 버지니아 울프의 전집을 이역만리 한국에서 왜 지금 내놓는가?

20세기 초라면 울프에 대한 모더니스트로서의 위상 정립 작업이 필요했을 수도 있다. 또한 1980년대라면 1970년대 이후 서구에서 활발하게 진행된 페미니즘 논의와 연관시켜 페미니스트로서의 위치 설정 작업이 필요하다고 할 수도 있다. 울프는 누가 뭐래도 페미니스트이다. 울프의 페미니즘은 비록 예술이라는 포장지에 곱게 싸여 있기는 하지만 나름대로 격렬한 것이다. 그럼에도 불구하고 페미니즘은 절대로 울프 문학의 진수도 아니며, 전부는 더더욱 아니다.

그녀의 문학은 한마디로 말해서 인간주의 문학이다. 사랑을 설파한 문학, 이타주의利他主義를 가장 소중히 여긴 고전 중의 고전이 그녀의 문학이다. 모더니즘, 페미니즘, 사회주의와 같은 것들은 그녀가 목적지를 향해 나아가는 도중에 잠깐씩 들른 간이역에 불과하다. 궁극적인 목적지는 인본주의라는 정거장이었다. 그동안 그녀는 모더니즘의 기수라는 훤칠한 한 그루의 나무로, 또는 페미니즘의 대모代母라는 또 한 그루의 잘생긴 나무로 우리의 관심을 지나치게 차지하여 우리가 크고도 울창한 숲과 같은 이 작가의 문학 세계를 제대로 보지 못하는 경향이 없지 않았다. 이제는 바야흐로 이 깊은 숲을 조망할 때가 온 것으로 믿는다. 지금 우리가 울프를 다시 읽어야 하는 이유가 여기에 있다.

이 전집이 울프를 바로 이해하는 데 도움이 되고, 나아가 읽는 이의 정서를 순화하는 데 작은 도움이 되었으면 한다.

울프 전집 간행위원회

차례

제1장

    여러분은 말하겠지요, 우리는 당신에게 여성과 픽션에 대해 이야기해달라고 부탁했는데, 그 주제와 '자기만의 방'이라는 것과는 대체 무슨 관계가 있는 건가요? 하고 말입니다. 제가 설명을 해보도록 하지요. 나는 여성과 픽션에 대해 말해달라는 부탁을 받고 나서, 어느 강둑에 앉아 그 단어들이 무엇을 의미하는지 생각해보기 시작했습니다. 그 단어들은 단지 패니 버니[1]에 관해 몇 마디 말하고, 제인 오스틴[2]에 대해서는 조금 더 언급하고, 브론테 자매에게 찬사를 보내고, 눈 덮인 하워스 목사관[3]을 스케치하고, 가능하다면 미트퍼드 양[4]에 대해 몇 마디 재치 있는 말을 하고,

---

* 이 글은 1928년 10월에 케임브리지 대학의 뉴넘 칼리지의 예술 협회와 거튼 칼리지의 오드 타에서 강연한 두 편의 소논문에 기초하고 있다. 강연문들은 전부를 읽기에는 너무 길었으며, 그 이후 수정 변경되어 확대되었다.
1 1752~1840, 『에블리나』 등을 쓴 영국 소설가.
2 1775~1817, 『오만과 편견』, 『에마』 등을 쓴 영국 소설가.
3 브론테 자매의 집. 아버지가 목사였음.
4 메리 러셀 미트퍼드(1787~1855), 영국 시인, 극작가, 수필가.

자기만의 방   9

조지 엘리엇[5]을 정중하게 언급하고, 개스켈 부인[6]에 대해 이야기하는 것을 의미할 수도 있고, 혹자는 이쯤에서 문제를 마무리 지을 수도 있을 것입니다. 그러나 다시 생각해보니 이 주제가 그렇게 단순한 것 같지는 않았습니다. 여성과 픽션이라는 제목은 여러분이 혹시 의중에 두었던 대로 여성과, 여성은 어떠한 존재인가라는 것을 의미할 수도 있고, 여성과 그들이 쓰는 픽션을, 혹은 여성과 여성에 대하여 쓰인 픽션을 의미할 수도 있습니다. 혹은 이 세 가지 모두가 뗄 수 없이 섞여 있다는 것을 의미할 수도 있으며 여러분은 바로 내가 이 맨 나중의 견지에서 그 세 가지 모두를 고려하기를 바라고 있는지도 모릅니다. 그런데 가장 흥미로워 보이는 이 마지막 방식으로 그 주제를 고찰하기 시작하자 곧 그 방식은 치명적인 결함을 가지고 있다는 것을 알게 되었습니다. 내가 결코 어떠한 결론에도 도달할 수 없을지도 모른다는 것이지요. 내가 강연자의 첫 번째 의무라고 이해하는 것을, 즉 여러분의 공책 갈피 사이에 잘 싸여 벽난로 선반 위에 영원히 모셔질 순수 진리라고 하는 금괴를 한 시간 동안의 강연이 끝난 후 여러분에게 건네주는 일을 해내지 못할 수도 있다는 것입니다. 내가 할 수 있는 일의 전부란 대수롭지 않은 한 가지 논점에 대하여 견해를 내놓는 것입니다. 그 의견은 다름 아니라 여성이 픽션을 쓰고자 한다면 돈과 자기만의 방이 있어야 한다는 것이며, 여러분이 곧 알게 되겠지만 이러한 견해는 여성의 참다운 본성이니, 픽션의 참다운 특성이니 하는 문제는 미해결로 남겨두는 셈입니다. 나는 이 두 문제에 관한 어떤 결론을 내려야 하는 의무를 피해왔으므로 나에 관한 한 여성과 픽션은 미해결의 과제입니다. 하지만 이

5 1819~1880, 본명은 메리 앤 에반스. 『미들마치』 『플로스 강가의 물방앗간』 등을 쓴 영국 소설가.
6 엘리자베스 클레그헌 개스켈(1810~1865), 『부인들과 딸들』을 쓴 영국 소설가.

에 대한 보상으로 내가 어떻게 방과 돈에 대하여 이러한 견해에 다다랐는지를 보여주도록 내가 할 수 있는 일을 하고자 합니다. 여러분이 계신 이 자리에서 내가 할 수 있는 한 가장 충실하고 자유롭게, 이런 견해에 이르게 된 일련의 나의 생각을 펼쳐보고자 하는 것입니다. 이 견해의 이면에 놓여 있는 관념들과 편견들을 드러내면, 여러분은 그것들이 여성과 픽션과 어떤 관련이 있다는 것을 알게 될 것입니다. 아무튼 주제가 매우 논란의 여지가 많을 때에는 —성(여성, 남성)에 대한 어떠한 질문도 그런 주제가 되는데—진실을 말한다는 것은 누구도 기대할 수 없는 노릇이지요. 단지, 자신이 지니고 있는 견해가 어떠한 것이든 간에 어떻게 그런 견해를 갖게 되었는지를 보여줄 수 있을 따름입니다. 청중들에게 스스로 강연자의 한계와 편견과 기이함을 관찰하면서 그들 나름대로의 결론을 끌어낼 기회를 줄 수 있을 뿐이지요. 여기에서 허구는 사실보다 더 많은 진실을 내포하고 있는 듯합니다. 따라서 나는 소설가로서의 모든 자유와 파격 면허증을 총동원하여 내가 여기로 오기 전 이틀 동안의 이야기를, 즉 여러분이 내 어깨 위에 올려놓은 그 주제의 무게로 허리가 휘어진 채 어떻게 내가 그 주제를 숙고하였으며, 어떻게 그 주제가 내 일상적인 삶의 안팎에서 영향을 미치도록 하였는지를 이야기해보고자 합니다. 내가 이제 묘사하려는 것들이 실제로는 존재하지 않는다는 것을 말할 필요는 없겠지요. 즉, 옥스브리지[7]는 꾸며낸 것이며 퍼넘[8]도 마찬가지이고, '나'라는 것도 실재하는 인물이 아닌 누군가를 지칭하는 편리한 용어일 뿐입니다. 거짓말들이 내 입술에서 흘러나오겠지요. 그러나 아마 약간의 진실이 그것들과 뒤섞여 있을지

---

7 영국을 대표하는 대학인 옥스퍼드와 케임브리지를 합하여 만든 말로, 남자 대학을 일컬음.
8 당시 케임브리지 대학에 속한 여자만의 칼리지인 뉴넘과 거튼 칼리지를 일컫는 말.

도 모릅니다. 이 진실을 찾아내고 그것의 어느 부분이라도 간직할 만한 가치가 있는지를 결정하는 것은 여러분의 일이지요. 만약 어떠한 가치도 없다면 여러분은 물론 모든 것을 휴지통에 던져버리고 다 잊게 되겠지요.

그러면 여기 나는(나를 메리 비튼, 메리 시튼, 메리 카마이클 혹은 여러분이 원하시는 어떤 이름으로든 불러주십시오 — 그것은 전혀 중요한 문제가 아니니까요) 한두 주일 전, 날씨가 화창한 시월의 어느 날 생각에 잠겨 강둑에 앉아 있었지요. 내가 언급한 바 있는 여성과 픽션이라는 주제, 즉 온갖 종류의 편견과 격정을 불러일으키는 그 주제에 대해 어떤 식으로든 결론을 내려야 할 필요가 있다는 생각에 머리를 숙인 채 말입니다. 강의 양옆에는 황금색과 진홍색의 이름 모를 잡목들이 현란하게 빛났으며 심지어 열기로, 불의 열기로 타오르는 듯했지요. 저 멀리 강둑에는 버드나무들이 머리카락을 어깨에 늘어뜨린 채 영원한 비탄에 잠겨 흐느끼고 있었습니다. 강물에는 하늘과 다리와 타오르는 나무가 반사되고 있었고 대학생 하나가 그 반사된 풍경을 가르며 노 저어 지나가고 나자 그 물 위에 비친 풍경은 아무 일도 없었다는 듯이 다시 완전히 맞물렸습니다. 그곳에서 사색에 빠져 시계가 한 바퀴 다 돌도록 줄곧 앉아 있을 수도 있었겠지요. 사색이 그 낚싯줄을 강물 속으로 드리웠습니다. 매분 시간이 지남에 따라 그것은 물결이 들어 올렸다 내렸다 하는 대로 자신을 내버려두면서 반사된 풍경과 잡초들 사이에서 이리저리 흔들렸습니다. 그러다 마침내 무언가 잡아끄는 힘을, 사색의 낚싯줄 끝에서 어떤 상념들이 갑자기 응집되어 오는 것을 감지하고는 그것을 조심스레 잡아당겨 주의 깊게 펼쳐보았습니다. 아, 슬프게도 잔디밭에 내려놓자 나의 이 생각은 얼마나 작고 하찮아 보였는지요. 마치 능숙한 어부라면 요리해 먹기에 적당할 만큼 살이 더 붙으라고, 잡았다가는 강물 속으로 도로 놓아주는 그런 물고기 같아 보였지요. 지금 그 나의 생각으로 여러분을 귀찮게 하지는 않겠습니다. 여러분이 주의 깊게 들여다보면, 내가 말하고자 하는 바를 펼쳐나가는 과정에서 여러분 스스로가 그것을 찾아낼는지도 모르지만 말입니다.

그러나 그 생각이 아무리 작고 보잘것없는 것이라 하더라도 그것은 그 나름대로의 신비로운 속성을 지니고 있어서, 마음속에 도로 집어넣으니까 즉시 매우 재미있고도 중대한 것이 되더군요. 그것은 쏜살같이 나아가다가 밑으로 가라앉고, 여기저기에 번쩍번쩍 나타나며, 여러 상념의 대단한 파도와 격랑을 일으켜서 나는 도저히 가만히 앉아 있을 수가 없었습니다. 내 자신이 잔디밭을 가로질러 굉장히 빠르게 걸어가게 된 것이 이렇게 하여 일어난 일이지요. 그러자 즉시 한 남자의 모습이 나타나서 나를 가로막았습니다. 처음에는 뒤로 처진 코트와 이브닝 셔츠를 입은 이 기이해 보이는 대상의 몸짓이 나를 겨냥하고 있다는 것을 알지 못했지요. 그의 얼굴은 기겁을 하여 화난 표정을 짓고 있었습니다. 그 순간 이성이라기보다는 본능이 나를 구해주었는데, 즉 그는 대학의 하급 관리였고 나는 여자였다는 것이지요. 여기는 잔디밭이고 저쪽이 보도였지요. 오로지 대학 연구원들과 학생들만이 이곳에 들어올 수 있고, 저 자갈길이 여자인 내게 허용된 공간이었습니다. 이러한 생각들은 한순간에 일어난 것이었습니다. 내가 보도로 되돌아가자 그 관리의 치켜올렸던 팔이 내려지고, 그의 얼굴은 평상시의 평온을 되찾았지요. 그리고 비록 잔디밭이 자갈길보다 걷기에 더 좋기는 하지만 그렇다고 아주 큰 손해를 본 것은 아니었습니다. 다만 그것이 어떤 대학이 되었든 간에 그

대학의 연구원들과 학생들을 상대로 내가 고발할 수도 있는 죄과라는 것이 삼백 년 동안 끊임없이 다듬어온 그네들의 잔디밭을 보호하느라 그들이 내 귀여운 물고기를 그만 숨어버리게 하였다는 것뿐이었지요.

나로 하여금 그렇게 대담하게 남의 땅을 침범하게 한 생각이 무엇이었는지 지금은 기억할 수가 없습니다. 평화의 정령이 하늘에서 구름처럼 내려왔는데, 만약 평화의 정령이 어디엔가 머무른다면 그것은 화창한 시월 아침의 옥스브리지 안뜰이 될 테니까요. 오래된 홀들을 지나 단과대학 사이를 천천히 거닐다 보니 지금의 껄끄러움이 가시는 것 같았습니다. 몸은 아무 소리도 뚫고 들어갈 수 없는 불가사의한 유리장 안에 갇힌 듯했고, 마음은 실제의 일들과의 접촉에서 해방되어(다시 잔디밭에 무단 침입한다거나 하지 않는다면 말이지요) 그 순간과 조화를 이루는 어떠한 명상에라도 자유롭게 몰입해 들어갔지요. 우연찮게도, 긴 휴가 중에 옥스브리지를 다시 방문한 것에 대해 쓴 오래된 수필이 문득 기억나자 찰스 램[9]이 떠올랐는데 새커리[10]는 램의 편지를 이마에 대면서 성인聖人 찰스라고 한 적이 있다지요. 사실 모든 죽은 이들 가운데(지금 나는 떠오르는 대로 내 생각을 여러분에게 전하고 있습니다) 램은 가장 마음이 맞는 사람 중의 하나입니다. 즉, 당신의 수필을 어떻게 집필하셨는지 제게 이야기해주십시오, 하고 말하고 싶었을 사람입니다. 그의 수필들은, 거칠게 번뜩이는 상상력과 그리고 그 수필들을 흠 있고 불완전하게 하면서도 시의 별빛으로 여기저기 장식하는, 도중에 번개같이 터져 나오는

---

9 1775~1834, 영국 수필가, 문학비평가.
10 윌리엄 메이크피스 새커리(1811~1863), 『허영의 시장』 『헨리 에즈먼드 이야기』를 쓴 영국 소설가.

천재성으로 인하여, 생각하건대 맥스 비어봄[11]의 모든 완벽함을 갖춘 수필보다도 더 뛰어나기 때문이지요. 램은 대략 백 년 전쯤 옥스브리지에 왔습니다. 그는 여기에서 보게 된 밀턴[12]의 시 원고 한 편에 대해 —그 제목은 생각나지 않는군요—틀림없이 어떤 수필을 하나 썼지요. 그것은 아마 「리시다스Lycidas」[13]라는 시였을 텐데, 램은 「리시다스」의 어느 단어든 지금의 것과 충분히 다를 수도 있었겠지, 하고 생각하는 것 자체가 그에게 얼마나 충격적이었나에 대해 썼습니다. 그 시의 시어들을 밀턴이 바꿨다고 생각하는 것 자체가 램에게는 신성모독 같던 것이지요. 이것은 나로 하여금 「리시다스」를 기억할 수 있는 만큼 기억하게 해주었고, 밀턴이 고친 단어가 어떤 것이었으며 왜 고쳤을까를 상상해보면서 즐거워하게도 하였지요. 그러자 램이 보았던 바로 그 원고가 불과 수백 야드 떨어져 있고, 따라서 사각형의 교정 안뜰을 가로질러 그 보물이 간직된 그 유명한 도서관으로 램의 발자취를 따라 들어갈 수도 있겠다는 생각이 떠올랐습니다. 이 계획을 실행에 옮기면서, 게다가 새커리의 『에즈먼드Esmond』[14] 원고가 소장된 곳도 이 유명한 도서관이라는 것을 기억해냈습니다. 비평가들은 『에즈먼드』가 새커리의 가장 완벽한 소설이라고 종종 말하지요. 그러나 내가 기억하는 한 그 문체의 꾸밈성은 18세기 문체를 모방했다는 점과 함께 방해가 되지요. 18세기 문체가 정말 새커리에게 자연스러운 것이 아니었다면 말이지요. 이것은 그 원고를 들여다보고, 그가 고쳐 쓴 것들이 문체를 위해서인지 의미

11 1872~1956, 영국 수필가, 문학비평가.
12 존 밀턴(1608~1674), 『실낙원』 『복낙원』 등을 쓴 영국 시인.
13 밀턴이 옛 대학 친구인 에드워드 킹의 갑작스런 죽음을 애도하며 쓴 목가적 비가.
14 『헨리 에즈먼드 이야기』 앤 여왕 시대 런던의 정계와 사교계의 두드러진 인물이었던 에즈먼드와 베아트릭스를 구심점으로 한 역사소설.

를 위해서인지를 보아냄으로써 증명할 수 있는 사실이지요. 그렇다면 문체란 무엇인지, 의미란 무엇인지를 결정해야겠지요. 이 질문은—그런데 여기 나는 도서관으로 들어가는 문에 실제로 와 있었습니다. 내가 그 문을 틀림없이 열었나 봅니다. 왜냐하면 하얀 날개 대신 검은 가운을 펄럭이며 길을 가로막는 수호 천사처럼, 뭔가 불허하는 표정을 짓고 있는 은발의 친절한 신사가 갑자기 나타나서는 돌아가라고 손을 흔들며, 낮은 목소리로 숙녀분들은 대학 연구원을 동반하거나 소개장을 지녔을 경우에만 도서관에 들어갈 수 있습니다, 하고 유감스럽게 말했기 때문입니다.

어느 유명한 도서관이 어떤 여성에게 저주를 받았다는 것은 그 유명한 도서관으로서는 전혀 신경 쓸 일이 아니겠지요. 자신의 모든 보물을 가슴속에 안전하게 잠가둔 채 숭고하고 평온하게 그 도서관은 만족하여 잠을 자고 있으며 나에 관한 한 그것은 그렇게 영원히 잠잘 것입니다. 결단코 그 메아리를 깨우지 않으리라, 결코 후히 대접해주십사 청하지 않으리라고, 나는 분노에 차서 계단을 내려오면서 맹세하였습니다. 아직도 점심까지 한 시간이 남아 있는데 무엇을 할 수 있었을까요? 풀밭 위를 거닐까? 강가에 앉아 있을까? 의심할 바 없이 때는 멋진 가을 아침이어서 나뭇잎은 빨갛게 팔랑이며 땅에 떨어지고 있었고, 두 가지 중 어느 것을 하든 큰 어려움은 없었습니다. 그런데 그때 음악 소리가 내 귀에 와닿았습니다. 어떤 예배나 축전이 진행되려는 중이었지요. 대학 교회당 문을 지나려니 오르간이 장엄하게 구슬픈 소리를 냈습니다. 기독교의 슬픔조차 그렇게 맑은 공기 속에서는 슬픔 자체라기보다는 슬픔의 회상처럼 울려 나오더군요. 오래된 오르간의 신음 소리조차 평화로움에 둘러싸여 있는 듯했지요. 나에게 들어갈 권리가 있다고 하더라도 들어가고 싶지 않았습니다. 이번에는 교회 안내인이 멈춰 세우고 아마 세례 증명서나 사제장의 소개장을 요구했을는지도 모르지요. 그러나 이러한 장엄한 건물들의 바깥은 종종 그 내부만큼이나 아름답지요. 더욱이 벌집 어귀의 벌들처럼 교회 회중들이 모여서 들어왔다가는 다시 나가며 교회 문 앞에서 바쁘게 움직이는 것을 지켜보는 것도 충분히 재미가 있었지요. 많은 이가 모자를 쓰고 가운을 입었고 어떤 이들은 어깨에 털로 된 술을 달았고 어떤 이들은 환자용 의자에 앉아 다녔지요. 또 다른 이들은 중년의 나이를 지나지도 않았건만 너무 기묘한 모습으로 구겨지고 짜부라져서, 수족관의 모래를 힘겹게 가로질러 오르는 대형 게와 가재를 생각나게 하였습니다. 벽에 기대어 있자니 실로 그 대학은, 스트랜드의 포도 위에서 생존 투쟁을 하라고 내버려두면 이내 폐물이 되어버릴 그런 희귀종들이 보존된 성역처럼 보였습니다. 옛 사제장들과 학장들에 대한 오래된 이야기들이 떠올랐습니다. 그러나 휘파람을 불 용기를 불러일으키기도 전에 ─ 휘파람 소리가 나면 모모 노교수가 즉시 뛰어왔다고 사람들은 말하고는 했거든요 ─ 그 훌륭한 회중들은 안으로 들어가고 없었습니다. 교회당의 바깥은 그대로 남아 있었지요. 아시다시피 그 높은 둥근 지붕과 첨탑들은, 어디엔가 다다르지 않은 채 내내 항해만 하는, 밤에 불을 밝히면 몇 마일 떨어진 곳에서도 보이는 돛단배처럼 언덕 너머 멀리서도 보였지요. 아마도 한때는 이 잘 골라진 사각형 교정 안뜰과 육중한 건물들과 교회당 자체가 들풀이 물결치고 돼지들이 코로 땅을 파 헤집고 다니던 늪지였겠지요. 생각건대, 말과 황소들이 떼를 지어 먼 고장에서 마차로 돌을 운반해왔음에 틀림이 없으며 그러고 나서 내가 지금 그 그늘에 서 있는 회색 돌덩이들이 무한한 노력으로 하나 위에 또 하나씩 순서대로 균형 있게 쌓아졌겠지요. 화공들은 창문에 달 유리를 가져왔고, 석공들은 몇 세기 동안 지붕 위에 올라가 접합제와 시멘트, 삽과 흙손을 들고 분주히 일하였습니다. 매주 토요일마다 누군가가 가죽 지갑에서 금화와 은화를 꺼내 그 직공들의 움켜쥔 늙은 손에다 쏟아부었겠지요. 추측건대 그들도 저녁 시간에는 종종 놀고 마셨을 테니까요. 돌들이 계속 운반되었고 석공들이 계속 작업하도록 끊임없는 금은화의 물결이 이 교정으로 계속 흘러들었음에 틀림없습니다. 그런데 그때는 신앙의 시대였으며 굳건한 초석 위에 이 돌들을 쌓느라 돈이 후하게 부어졌는데, 돌들이 쌓여 올라가자, 틀림없이 여기서 찬송가를 부르고 학생들을 가르치기 위해 훨씬 더 많은 돈이 왕과 여왕과 대귀족의 돈궤에서 쏟아져 들어왔지요. 토지가 하사되고 십일조가 거둬졌습니다. 그리고 신앙의 시대가 끝나고 이성의 시대가 왔을 때도 여전히 똑같은 금화와 은화의 밀물이 계속해서 밀려들어서, 연구원 기금이 설립되고 강사 기금이 기부되었지요. 다만 이제는 금화, 은화가 왕의 돈궤에서가 아니라 상인과 제조업자들의 금고에서, 즉 산업을 통해 큰 재산을 모으고는 자신들이 기술과 재간을 배운 그 대학에다 더 많은 의자와 더 많은 강사 기금과 더 많은 연구원 기금을 기부하기 위해, 자신들의 유언장에서 재산의 관대한 몫을 돌려준 사람들[15]의 지갑에서 흘러나왔습니다. 이리하여 몇 세기 전엔 들풀이 물결치고 돼지들이 코로 땅을 파 헤집고 다니던 곳에 도서관과 실험실과 관측소가 들어섰고, 지금은 유리 선반 위에 놓여 있는 값비싸고 정교한 기구들로 이루어진 근사한 설비가 갖추어졌지요. 교정의 이곳저곳을 거닐어보니 확실히 금화와 은화의 기반이 충분히 깊숙하게 놓여 있는 듯했고 포장도로는 견고하게 들풀 위를 덮고 있었지요. 머리에 쟁반을 인 사람

15 돈을 많이 가진 사람들은 남자들이었다.

들이 바쁘게 계단을 오르내리고 있었습니다. 창가의 화초 상자에는 화려한 꽃들이 만발해 있었습니다. 안쪽 방에서 축음기의 노랫가락이 울려 나왔습니다. 사색에 잠기지 않을 수가 없었는데 어떠한 사색이 되었든 간에 갑자기 그만두게 되었지요. 시계 종이 쳤고 오찬회에 들어갈 시간이 되었으니까요.

호기심을 끄는 사실이 하나 있지요. 소설가들은 우리로 하여금 오찬회란 것은 항상 거기서 오가는 기지 넘치는 말과 거기서 일어나는 뭔가 현명한 일들로 기억할 만하다고 믿게 만드는 무슨 수가 있다는 것 말입니다. 그런데 그 소설가들은 오찬회에서 사람들이 무엇을 먹는지에 대해서는 거의 한마디 말도 따로 써놓지를 않습니다. 수프와 연어 그리고 오리고기에 대해 언급하지 않는 것이 소설가들의 관습의 일부이지요. 마치 수프와 연어 그리고 오리고기에는 어떠한 중요성도 없는 것처럼, 그 누구도 시가를 피우지 않고 포도주 한 잔 마시지 않는 것처럼 말입니다. 그러나 나는 여기서 실례를 무릅쓰고 그 관습에 도전하여 여러분께 말씀드리려고 합니다. 이번의 오찬회는 깊숙한 접시에 가라앉힌 가자미로 시작하였는데, 대학 요리사는 암사슴 옆구리의 반점 같은 갈색 점을 여기저기 찍어놓은 것을 제외하고는, 하얗디 하얀 크림 덮개를 그 생선 위에 덮어놓았습니다. 그다음에 메추리 요리가 나왔는데, 이것을 접시 위에 놓인 두어 마리의 털 없는 갈색 새로 떠올린다면 여러분은 잘못 생각한 것입니다. 많고도 다양한 종류의 메추리들이 얼얼한 것, 달콤한 것 등, 그 순서대로 온갖 소스와 샐러드 수행원을 데리고 나왔던 것입니다. 즉, 동전같이 얇지만 그렇게 딱딱하지는 않은 감자 요리와 잎이 장미 봉오리처럼 생겼지만 그보다 즙이 더 많은 싹양배추 등이 나왔지요. 그 구운 새고기와 곁들여 나온 음식들이 끝나자마자 조용히 시

중 들던 하급 관리가 한결 부드러운 표정으로 우리 앞에다 냅킨에 싼 설탕 과자를 갖다 놓았습니다. 그 과자는 큰 바다에서 설탕이란 설탕은 모두 건져올린 듯하였습니다. 그 과자를 푸딩이라 부르며, 그것을 쌀과 타피오카 녹말가루와 연관시킨다면, 일종의 모욕이 될 것입니다. 그동안 포도주 잔들은 노란색으로 물들여졌다, 심홍색으로 물들여졌다 하며 비워졌다, 채워졌다 하였습니다. 이리하여 영혼의 자리라고 하는 척추의 반쯤 따라 내려간 곳에 차츰차츰 불이 밝혀졌지요. 그 불빛은 우리의 입술 위에서 불쑥 튀어나왔다 들어갔다 하는, 우리가 재기 발랄함이라고 부르는 그런 딱딱하고 시시한 전기 불빛이 아니라 좀 더 심오하고 미묘한 (땅)속으로부터 나오는 광채, 즉 이성적이고 합리적인 담화의 그 선명한 노란색 불꽃이었습니다. 서두를 필요도 없고 재치를 번득일 필요도 없고 자신 외에 그 누구가 되어야 할 필요도 없었습니다. 우리 모두 천국에 갈 것이며 반 다이크[16]가 일행 중에 끼였습니다—다른 말로 하자면 좋은 담배에 불을 붙이고 창가 의자의 푹신한 쿠션에 풀썩 주저앉아 있으니 얼마나 인생이 좋아 보이고, 산다는 것의 보람이 얼마나 감미로우며, 이런 시기와 질투, 저런 불평불만이 얼마나 하찮은 것으로 보이며, 우정이라는 것, 마음이 맞는 이들과의 사귐이라는 것이 얼마나 감복할 만한 것으로 보이던지요!

만약 재떨이가 운 좋게 옆에 있었다면, 그래서 창문 바깥으로 재를 털어내지 않았다면, 즉 상황이 조금이라도 달랐더라면 아마도 꼬리 없는 고양이를 보지 못했을 것입니다. 사각의 교정 뜰을 가로질러 살며시 걸어가는 그 불쑥 나타난 꼬리 잘린 고양이의 모습은 어떤 잠재의식적 지성의 요행으로 나의 감정의 빛깔

16 안토니 반 다이크(1599~1641), 상류층의 초상화를 주로 그린 플랑드르의 화가.

을 바꾸어놓았습니다. 마치 누군가가 차양 그늘을 내려뜨린 것 같았지요. 아마 그 훌륭한 백포도주를 쥐었던 손을 놓아가고 있었는지도 모릅니다. 확실한 것은 그 맹크스 고양이가 그 역시 이 우주에 의문을 품고 있는 듯이 잔디밭 한가운데에 멈춰 서 있는 것을 보았을 때, 무언가 부족한 것 같고 무언가 달라진 듯 보였습니다. "그런데 무엇이 모자라고, 무엇이 달라졌지?" 하고 주위의 이야기를 들으면서 나 자신에게 물어보았습니다. 이 질문에 답하기 위해서는 나는 방에서 나와 과거로, 사실상 전쟁 이전으로 돌아가야 했고, 이 방으로부터 그다지 멀리 떨어져 있지 않은 방에서 열렸던, 그런데 뭔가 달랐던 또 다른 오찬 파티의 모형을 눈앞에 그려보아야 했습니다. 모든 것이 달랐습니다. 이러는 동안에도 여러 명의 젊은 여자와 남자 손님들 사이에서는 이야기가 계속되었는데, 이야기는 수영하듯 거침없이 유쾌하고도 자유롭게, 즐겁게 진행되어 나갔지요. 대화가 이렇게 계속됨에 따라 나는 이전의 다른 대화의 배경에다 지금의 이 대화를 견주어보았습니다. 그 두 대화를 맞추어보니 하나는(지금의 대화) 다른 하나(이전의 오찬회에서 있었던 대화)의 자손이며 합법적 상속자라는 것에 의심의 여지가 없었습니다. 변한 것이 없고 달라진 것이 없었는데 단지―이 부분에서 나는 귀를 쫑긋 세우고 무엇이 이야기되고 있는가보다는 그 배후에 깔린 중얼거림과 어떤 흐름에 귀를 기울였습니다. 맞아요, 그거였습니다―변화는 거기에 있었지요. 전쟁 전의 이와 같은 오찬회에서도 사람들은 정확하게 똑같은 것을 말했겠지만 지금과 다르게 들렸을 것입니다. 왜냐하면 그 당시에는 일종의 허밍 소리, 즉 분명하지는 않으나 음악적이며 흥미를 돋우는, 그래서 말 자체의 가치를 바꾸어놓는 그런 소리가 이야기에 수반되었기 때문입니다. 그 허밍 소리를 시어에 붙여볼 수 있을까요? 아마 시인들이 도와주면 할 수 있을 것입니다. 책 한 권이 내 옆에 놓여 있기에 펴 보니 무심결에 테니슨[17] 편에 이르렀습니다. 여기서 나는 테니슨이 다음과 같이 노래하고 있는 것을 발견하였지요.

> 눈부신 눈물 방울 하나 떨어져 내렸네
> 대문 옆 시계초 덩굴에서.
> 그녀가 오고 있네, 나의 비둘기, 나의 사랑이.
> 그녀가 오고 있다네, 나의 생명, 나의 운명이.
> 흑장미가 외치네, "그녀가 가까이, 가까이 왔어."
> 그러자 백장미는 흐느끼네, "그녀가 늦고 있잖아."
> 참제비꽃이 귀 기울이며, "난 들리네, 난 들리네."
> 그러자 백합이 속삭이지, "나는 기다리네."

전쟁 전의 오찬회에서 남자들이 부른 콧노래가 이것이었나요? 그러면 여자들은요?

> 내 마음은 노래하는 한 마리 새와도 같네
> 함빡 물 머금은 어린 가지 위에 둥지가 있는.
> 내 마음은 한 그루 사과나무와도 같네
> 빽빽이 달린 과일로 가지가 휘어진.
> 내 마음은 무지갯빛 조가비와도 같네
> 고요한 바다에서 헤엄쳐 노는.
> 내 마음은 이 모든 것보다도 기쁘네

---

17 알프레드 테니슨(1809~1892), 영국 빅토리아 시대의 대표적 시인.

내 사랑이 나에게로 왔으니.[18]

전쟁 전의 오찬회에서 여자들이 부른 콧노래는 이것이었나요?
전쟁 전의 오찬회에서 사람들이 숨소리보다 작은 목소리로 이
런 것들을 콧노래로 불렀으리라 생각하니 뭔가 아주 우스꽝스러
워서 나는 갑자기 웃음을 터뜨렸습니다. 그러고는 잔디밭 한가운
데에 서 있는 꼬리 없는 가엾은 짐승, 그 조금은 터무니없어 보이
는 맹크스 고양이를 가리키며 내 웃음을 설명해야만 했지요. 그
고양이는 그렇게 태어났을까요? 아니면 사고로 꼬리를 잃었을까
요? 꼬리 없는 고양이는 흔히들 맨섬에 그 몇 마리가 실재한다고
하지만 생각보다는 희귀하지요. 그것은 기이한, 아름답기보다는
기묘한 동물입니다. 꼬리라는 것이 얼마나 큰 차이를 가져오는가
하는 것은 신기한 일이지요 ― 오찬회가 끝나고 사람들이 자기 코
트와 모자를 챙기면서 하는 (이런) 종류의 상투적인 이야기들은
여러분도 알고 있는 것이겠지요.
이번의 오찬회는 주인의 환대 덕분에 오후 늦게까지 계속되었
습니다. 아름다운 시월의 하루는 저물어가고 가로수 길을 따라 걸
으려니 길가의 나무에서 나뭇잎이 떨어졌습니다. 내 뒤에서는 문
다음에 또 다른 문이, 다른 문이 부드러우면서도 딱 자르듯 닫히
는 것 같았습니다. 무수히 많은 관리들이 기름칠이 잘된 자물쇠에
무수히 많은 열쇠들을 끼워 넣었지요. 또 다른 하룻밤 동안 안전
하게 있도록 그 보물창고를 단속하고 있었던 것이지요.
가로수 길이 끝나자 이름이 생각나지 않는, 제대로 꺾어들면 퍼
넘으로 통하는 어느 거리로 들어서게 되었습니다. 하지만 시간
이 충분히 있었습니다. 정찬은 일곱 시 반이 되어야 하니까요. 이

18 크리스티나 로제티의 「생일」 1연.

런 오찬을 한 후에는 저녁 정찬을 들지 않아도 거의 지낼 만하지요. 시 한 편이 마음속에 떠올라 다리가 그것의 속도에 맞추어 길을 따라 움직여 가도록 만드는 것은 신기한 일입니다. 이런 시구가—

눈부신 눈물 방울 하나 떨어져 내렸네
대문 옆 시계초 덩굴에서.
그녀가 오고 있네, 나의 비둘기, 나의 사랑이—

내가 헤딩리를 향해 재빨리 발을 옮기는 동안 (이런 시구들이) 내 핏속에서 노래를 불렀습니다. 그러고 나서 물살이 둑에 부딪혀 거품이 이는 곳에 이르러서는 선율을 바꾸어 다음과 같은 노래를 불렀지요.

내 마음은 노래하는 한 마리 새와도 같네
함빡 물 머금은 어린 가지 위에 둥지가 있는.
내 마음은 한 그루 사과나무와도 같네……

어떤 시인들이었나! 어둑어둑한 데서 사람들이 그러듯이 나는 크게 외쳤지요. 그들은 대체 어떤 시인들이었단 말인가!

일종의 질투심에서, 아니 생각건대, 우리 시대를 위하는 마음에서, 비록 이러한 비교가 어리석고 터무니없다고 하더라도 나는 계속 따져보았지요. 솔직히 테니슨과 크리스티나 로제티[19]가 당시 위대했던 만큼 지금 살아 있는 시인 중 그 정도로 위대한 두 시인의 이름을 댈 수 있을까를 말입니다. 거품이 이는 강물을 들여

19 1830~1894, 환상적이고 종교적인 시를 쓴 영국 시인.

다보며 그런 것을 비교한다는 것은 분명히 불가능한 일이라고 생각하였습니다. 그런 시들이 사람들로 하여금 푹 빠져들고 황홀해질 정도로 흥미를 유발시키는 바로 그 이유는, 그 시들은 사람들이 과거에 지니고는 했던(아마 전쟁 전의 오찬회에서) 어떤 감정을 찬양하고, 따라서 사람들이 그 감정을 제지하려고 혹은 현재 가지고 있는 어떤 감정과 그 감정을 비교하려고 애쓰지 않으면서 편안하게 그리고 익숙하게 반응할 수 있기 때문이지요. 그러나 현재 살아 있는 시인들은, 실제로 만들어지고 있으면서도 그 순간에 또한 우리에게서 찢겨 떨어져 나가는 그런 감정을 표현합니다. 사람들은 첫째로 그런 감정을 알아채지 못하고 무슨 이유 때문인지 종종 그것을 두려워하며, 그것을 예리하게 쳐다보다가는 질투심과 의심을 갖고 자신들이 알았던 옛 감정과 그것을 비교하게 됩니다. 그리하여 현대시의 난해성이라는 것이 생겨났으며, 우리가 어떤 뛰어난 현대 시인의 시구를 연속하여 두 줄 넘게 기억해낼 수 없는 것은 이러한 난해성 때문이지요. 이런 이유 때문에, 즉 내가 기억해낼 수 없다는 이유 때문에, 이 논쟁은 자료의 부족으로 시들해졌습니다. 그러나 헤딩리를 향해 몸을 옮기면서 나는 계속 따졌지요. 왜 우리들은 오찬회에서 작은 소리로 콧노래를 흥얼대는 것을 그만두었을까 하고 말입니다. 왜 알프레드는 다음과 같은 노래를 멈추었을까요?

그녀가 오고 있네, 나의 비둘기, 나의 사랑이.

왜 크리스티나는 다음과 같은 응답을 그만두었을까요?

내 마음은 이 모든 것보다도 기쁘네

내 사랑이 나에게로 왔으니.

우리는 전쟁을 탓해야 할까요? 1914년 8월, 총을 쏘았을 때, 남자와 여자의 얼굴이 서로의 눈 속에서 너무나 선명히 드러나는 바람에 로맨스가 깨진 것인가요? 포화의 불빛 속에서 우리의 통치자들의 얼굴을 본다는 것은 확실히 충격적이었지요(교육과 그 밖의 것들에 대해 환상을 가지고 있는 여자들에게는 특히 그러했지요). 그들은—독일인, 영국인, 프랑스인은—너무나 흉칙하고 너무나 어리석어 보였습니다. 그러나 내키는 대로 어디에다 비난을 돌리든, 누구에게다 비난을 퍼붓든 간에, 테니슨과 크리스티나 로제티로 하여금 연인이 오는 것에 대해 그토록 열정적으로 노래하도록 영감을 불러일으킨 그 환상은 그 당시에 비해 지금은 훨씬 희귀하지요. 이제 우리는 그저 읽고 보고 듣고 기억하기만 하면 되지요. 하지만 왜 '비난'이라는 말을 씁니까? 만약 그것이 환상이라면 환상을 부수고 그 자리에 진실을 들여놓은 그 파국을, 그것이 무엇이든 간에 찬양하는 것이 어떨지요? 왜냐하면 진실은 · · · 이 점들은 진실을 찾다가 퍼넘 쪽으로 꺾어들지 못한 지점을 표시하는 것입니다. 그래요, 사실상 어느 것이 진실이고 어느 것이 환상인가? 나 스스로에게 물어보았습니다. 예를 들어 지금은 석양빛에 붉게 물든 창문과 더불어 어슴푸레한 축제 분위기지만 아침 아홉 시가 되면 사탕절임과 구두끈으로 적나라하게 불그죽죽 너저분해질 이 집들에 관해서는 무엇이 진실인가요? 그리고 지금은 슬며시 덮쳐오는 안개로 희미하게 보이지만 햇빛 속에서는 황금빛, 붉은빛으로 빛날 이 버드나무와 강, 그리고 강에까지 퍼져 내려간 정원들—이것들에 관해서는 어느 것이 진실이고 어느 것이 환상인가요? 꼬이고 뒤바뀌는 나의 사색 이야기는 여러분에게 이제 삼가렵니다. 헤딩리로 가는 길에서는 어떤 결론도 발견되지 않았으니까요. 단지 내가 길을 제대로 들지 못한 실수를 이내 알아차리고는 퍼넘을 향해 발길을 되돌렸다는 것을 여러분이 상상해주기를 부탁드리는 바입니다.

그날은 시월의 어느 날이었다고 이미 말했으므로 계절을 바꾸어 정원 담벼락에 휘늘어진 라일락이니 크로커스, 튤립, 그리고 다른 봄철의 꽃들을 묘사함으로써 여러분이 갖고 있는 픽션에 대한 존경심을 감히 빼앗거나 픽션의 명성을 감히 위태롭게 하지는 않겠습니다. 픽션은 사실에 충실해야 하고 그 사실들이 진실될수록 픽션은 더욱 좋아진다고 우리는 듣고 있으니 말입니다. 따라서 때는 여전히 가을이었으며 나뭇잎은 여전히 노란빛이었고, 또 어느 편인가 하면 예전보다 조금 더 빨리 떨어지고 있었습니다. 왜냐하면 이제 저녁이었으며 (정확히 일곱 시 이십삼 분) 그리고 미풍이 (정확히 남서쪽에서) 일었으니까요. 그런데 이 모든 것에도 불구하고 뭔가 이상한 것이 작용하고 있었지요.

내 마음은 노래하는 한 마리 새와도 같네
함빡 물 머금은 어린 가지 위에 둥지가 있는.
내 마음은 한 그루 사과나무와도 같네
빽빽이 달린 과일로 가지가 휘어진—

아마도 크리스티나 로제티의 이 시구가 어리석은 공상—그것은 물론 공상에 불과했지요—즉, 라일락이 정원 담 너머로 꽃잎을 흩날리고 멧노랑나비들이 여기저기 스치듯 날아다니며 꽃가루 먼지가 공중에 떠다닌다, 하는 공상에 대해 일말의 책임이 있었는지도 모르지요. 어디에선지는 모르지만 바람이 불어와서는 반쯤 자란 나뭇잎들을 추켜올리자 공중에는 은회색 섬광이 번쩍였습니다. 때는 해 질 녘이어서 색깔들이 더 강렬해지고, 자줏빛 그리고 금빛이 흥분하기 쉬운 심장의 맥박처럼 창유리에서 불타오르는 시간, 어떤 이유에서인지 세상의 아름다움이 드러났다가 곧 사라지게 될 시간이었지요(여기서 나는 부주의하게도 문이 열려 있고 주위에 하급 관리들도 없는 듯해서 정원 안으로 들어가버렸지요). 그렇게 곧 사라질 세상의 아름다움은 심장을 조각조각 도려내는 두 개의 칼날, 웃음의 날과 고뇌의 날을 지니고 있습니다. 봄날의 황혼 속에서 퍼넘의 정원은 거칠고 광활하게 내 앞에 놓여 있었고, 기다란 잔디밭에는 수선화와 초롱꽃들이 무심하게 내던져진 듯 흩뿌려져 있었는데, 아마도 한창인 이때에 멋대로 피어 이제 바람에 날리자 제 뿌리를 힘껏 잡아당기느라 흔들거렸습니다. 건물 창문들은, 붉은 벽돌의 푸짐한 파도 속에 묻힌 배의 창문처럼 휘어졌고 급히 떠가는 봄 구름 아래서 레몬빛에서 은빛으로 변해갔습니다. 누군가 해먹 안에 누워 있었고 누군가는 잔디밭을 가로질러 뛰어갔는데 ─ 그러나 이런 빛 아래서는 그들은 반은 추측의 산물이고 반은 눈에 보이는 환영에 불과하다고도 하겠는데 ─ 누군가 그녀를 멈춰 세우지는 않을까요? ─ 그러자 바람을 쐬고 정원을 잠깐 둘러보려고 나온 듯, 넓은 이마에 누추한 드레스를 입은, 얕잡아볼 수 없으면서도 겸손해 보이는, 허리가 구부정한 사람이 테라스에 나타났습니다. 그가 그 유명한 학자, J ─ H ─ 그녀일까요? 마치 황혼 녘 땅거미가, 정원 위로 던져버린 스카프가 별과 칼에 의해 갈갈이 찢기듯이 모든 것이 희미하면서도 강렬했지요 ─ 제 갈 길을 좇아 봄의 심장부로부터 튀어오르는 어떤 가공할 실재의 섬광처럼 말입니다. 왜냐하면 젊음은 ─

이제 수프가 나왔습니다. 큰 식당에서 저녁 식사가 나오고 있었습니다. 봄은커녕 사실은 시월의 어느 저녁이었지요. 모두들 그 큰 식당에 모였습니다. 정찬이 준비되었지요. 수프가 나왔습니다. 평범한 육수 수프였지요. 그 안에는 우리의 공상을 휘저어 놓을 만한 것은 아무것도 들어 있지 않았지요. 그 멀건 액체를 투과해서 혹시 그 접시 바닥에 그려져 있을지도 모르는 무늬를 투시해볼 수도 있었을 것입니다. 그러나 무늬는 없었습니다. 그것은 무늬가 없는 접시였지요. 다음에는 푸른 야채, 감자를 곁들인 쇠고기가 나왔습니다. 그 세 가지 음식은 진흙탕인 시장에 서 있는 소들의 궁둥이와, 가장자리가 누렇게 꼬부라진 싹나물과, 흥정하고 값을 깎는 광경과, 월요일 아침의 망태기를 멘 여인네들을 넌지시 말해주는 검소한 삼위일체였지요. 충분한 양이 제공되었다는 것을 그리고 광부들은 틀림없이 더 적은 양을 놓고 식탁에 앉아 있다는 것을 알고 있는지라 인간의 일용할 양식에 대해 불평할 이유는 없었지요. 자두 말린 것과 커스터드가 뒤따라 나왔습니다. 만일 커스터드로 누그러뜨려졌는데도 말린 자두는 무정한 야채이며(말린 자두는 결코 과일이 아니니까요), 구두쇠의 심장처럼 힘줄투성이이며, 팔십 년 동안 스스로 포도주와 따뜻함을 누리지도 못하고 가난한 이들에게 나누어 주지도 않은 그런 구두쇠의 정맥 속에나 흐를 법한 액체를 발산한다고 불평하는 사람이 있다면, 그는 말린 자두조차 환호하는 그런 자애심을 지닌 사람들이 있다는 것을 깊이 생각해보아야만 할 테지요. 다음에는 비스킷과 치즈가 나왔는데 그러자 아낌없이 물주전자가 돌려졌습니다. 건조한 것은 비스킷의 속성이며 이 비스킷들은 속속들이 철두철미 비스킷이었으니까요. 그것이 전부였습니다. 식사가 끝났습니다. 모두들 삐걱 소리를 내며 의자를 뒤로 뺐고 흔들문은 안쪽 바깥쪽으로 세차게 열렸으며, 이내 식당은 어떤 음식의 흔적도 없이 치워지고 의심할 것 없이 다음 날의 아침 식사를 위해 준비되었지요. 복도를 따라서, 그리고 층계 위에서 영국의 젊은이들이 탕탕 치며 노래를 불렀습니다. "저녁 식사는 훌륭하지 않았어요."라고 말하거나, (우리는, 즉 메리 시튼과 나는 이제 그녀의 거실에 있었지요) "여기 올라와서 우리 둘만 따로 식사할 수는 없었을까요?" 하고 말하는 것이 손님의, 이방인의(나는 트리니티, 서머빌, 거튼, 뉴넘, 또는 크라이스트처치에서와 마찬가지로 퍼넘에서도 권리가 없었지요) 차지였을까요? 내가 만일 그런 종류의 어떤 말을 하였다면, 낯선 이에게는 쾌활하고 배짱 있는 전면을 내보이고 있는 어떤 집의 은밀한 가계 사정을 내가 엿보며 탐색하고 있었다는 얘기가 되는지도 모르죠. 아니, 그런 종류의 말은 할 수가 없었습니다. 사실 대화가 잠시 시들해졌지요. 인간의 틀이 지금 있는 그대로이므로, 즉 심장과 몸뚱이와 두뇌가 다 섞여 있으며 백만 년 후에도 의심할 바 없이 마찬가지로 그것들이 각각의 다른 칸막이 안에 들어가 있지는 않을 것이므로 훌륭한 저녁 식사는 훌륭한 대화에 매우 중요하지요. 좋은 저녁 식사를 하지 않으면 생각도 사랑도 잘할 수 없으며 잠도 잘 잘 수 없습니다. 척추 속의 램프는 쇠고기와 말린 자두로 불을 밝힐 수 없습니다. 우리 모두는 아마도 천국에 갈 것이며 반 다이크는 바라건대 다음 모퉁이에서 우리와 만날 것입니다—라고 하는 것은 하루 일을 끝내며 먹은 쇠고기와 말린 자두가 그 둘 사이에서 낳아 기른 의심스럽고 제한적인 마음 상태이지요. 다행히도 과학을 가르치는 내 친구는 땅딸막한 술병과 작은 유리잔이 있는 찬장을 갖고 있었지요(하지만 혀넙치와 메추리로 시작했어야 했는데 없었지요). 그래서 우리는 불가로 당겨 앉아, 그날의 삶에서 입은 손해를 다소 복구할 수 있었습니다. 일이 분이 안 되어 우리는 온갖 호기심과 관심을 불러일으키는 대상 사이를 자유롭게 미끄러지듯 들락날락거렸지요. 그런 이야기들은, 특정한 사람의 부재중에 마음속에 생겨났다가 다시 함께 만날 때에 자연스럽게 논의되는 것으로서 — 누구는 결혼을 하고 누구는 안 했으며, 한 사람은 이런 생각을 하고 다른 사람은 저런 생각을 하고, 한 사람은 온갖 지식으로 인해 향상되었으며 다른 사람은 기막힐 정도로 퇴보하였다 등등 — 이러한 서두로부터 자연스럽게 솟아나는 사색들, 즉 인간의 본성과 우리가 살고 있는 세계의 특성에 대한 사색들을 동반하지요. 그런데 이런 이야기를 하고 있는 동안 나는, 자발적으로 밀고 들어와서는 모든 것을 자신의 목적을 향해 끌고 가는 어떤 흐름을 부끄러운 듯 의식하게 되었습니다. 즉, 스페인이나 포르투갈에 대해, 혹은 책이나 경주마에 대해서 이야기하게 될 수도 있었지만 무슨 이야기가 되든 그 이야기의 진정한 관심사는 그런 것들이 아니라 약 오백 년 전 높은 지붕 위에서 일하던 석공들의 모습이었다는 것이지요. 왕과 귀족들이 커다란 자루에 보물을 담아 가져와서 땅속에 들이부었지요.[20] 이 장면은 늘 내 마음속에서 생생히 되살아났으며 또 옆에는, 그러니까 말라빠진 암소, 진흙탕 시장, 시들어버린 채소, 힘줄투성이인 노인의 심장이 자리를 잡고 있었습니다. 이 두 장면은 비록 뿔뿔이 흩어지고 따로따로 떨어져 있고 무의미하다고 할지라도, 영원히 함께 다가와 서로 싸우면서 나를 완전히 좌지우지하였지요. 우리가 나누는 이야기 전체가 뒤틀리지 않게 하는 최상의 길은 내가 마음속에서 생각하고 있는 것을 공중에다 드러내 보이는 것이지요. 윈저 궁에서 사람들이 관을 열었을 때의 죽은 왕의 머리처럼 그

20 중세에 케임브리지, 옥스퍼드 대학이 건립될 때의 상황을 묘사한 것임.

생각이 운 좋게 쇠하여 부서지려고 할 때 말입니다. 그래서 나는 간략하게 미스 시튼에게 말하였습니다. 그 몇 년 동안이나 교회당 지붕 위에 있었던 석공들에 대해, 땅속에다 퍼 넣을 금화, 은화 자루를 어깨에 메고 온 왕들과 여왕들과 귀족들에 대해, 그리고 어떻게 우리 시대의 재정의 거물급들이 나타나서는 다른 사람들이 금괴와 제련되지 않은 금덩어리를 내려놓던 곳에다 수표와 증권을 놓게 되었는가에 대해 이야기하였지요. 저기 있는 대학들의 발밑에는 그 모든 것이 놓여 있다고 말하였지요. 하지만 우리가 앉아 있는 이 대학으로 말하자면 그 호사스러운 붉은 벽돌과 정원의 텁수룩한 야생초 아래 무엇이 놓여 있을까요? 우리가 저녁 식사를 받아먹은 그 무지 접시 뒤에, 그리고 (내가 막을 새도 없이 내 입에서 이 말이 불쑥 튀어나왔는데) 그 쇠고기와 그 커스터드 그리고 그 말린 자두 뒤에는 무슨 세력이 있을까요?

글쎄, 메리 시튼이 1860년경에 말하였습니다—아, 그런데 당신도 그 이야기를 알고 계시잖아요, 하며 자세한 내용을 설명하는 것이 지겨운 듯 말하였습니다. 그리고 그녀는 내게 말하였지요. 방을 임대하고 위원회가 열렸습니다. 봉투엔 주소가 기입되었고 안내장이 작성되었지요. 회의가 열려 답장들이 낭독되었는데 모某 씨는 많은 액수를 약속했고 반대로 모 씨는 한 푼도 내지 않겠다고 하였습니다. 『새터데이 리뷰』는 매우 무례하였습니다. 사무직에게 임금을 지불할 자금을 어떻게 조성할 수 있을까요? 바자회를 열까요? 맨 앞줄에 앉을 예쁜 아가씨를 찾을 수 없을까요? 존 스튜어트 밀[21]이 이 주제에 대해 언급한 것을 찾아보도록 합시다. 편지를 한 장 게재해달라고 모 잡지의 편집장을 설득할 수 있을까요? 모 귀부인이 그 편지에 서명하도록 할 수 있을까

---

21 1806~1873, 『자유론』과 『여성의 종속』 등을 쓴 영국 철학자이자 시사평론가.

요? 모 귀부인께서는 다른 지방으로 출타 중이라는데요. 이러한 것이 추측건대 육십 년 전에 일을 처리하던 방식이었는데 이것이 야말로 엄청난 수고였으며 상당한 시간이 들었지요. 오랜 투쟁과 막대한 어려움을 겪은 후에야 비로소 그들은 모두 삼만 파운드를 모을 수 있었던 것입니다.[22] 그러니 분명하게도 우리는 포도주와 메추리 요리를 먹을 형편이 못 되며 주석 도금 접시들을 머리에 이고 나르는 하인들을 둘 수 없는 것이라고 그녀는 말했습니다. 우리는 소파와 독립된 방들을 가질 수 없습니다. 그녀는 어느 책인가로부터 인용하여 "쾌적함은 기다려야만 하지요"라고 말하였습니다.[23]

해를 거듭하여 일을 해도, 합하여 이천 파운드 구하기가 힘이 든다는 것을 알게 된 그 모든 여성들을 생각하니, 그리고 삼만 파운드를 모으기 위해 그들은 할 수 있는 한 모든 것을 다 하였다는 것을 생각하니 우리는 우리 여성의 비난할 만한 가난에 대해 경멸을 터뜨리게 되었습니다. 우리의 어머니들은 그때 무엇을 하고 있었기에 우리에게 남겨줄 재산이 하나도 없었던 건가요? 콧잔등에 분이나 바르고 계셨을까요? 가게 진열장이나 들여다보고 있었을까요? 몬테카를로의 햇빛 속에서 뽐내고 있었을까요? 벽난로 장식장 위에는 사진이 몇 장 있었습니다. 메리의 어머니는— 만일 그것이 그녀의 사진이라면 말이지요—여유로운 시간에는

22 "우리는 적어도 삼만 파운드는 모금해야 한다고 들어 알고 있습니다. (⋯) 이런 종류의 대학 (여자대학—옮긴이 주)이 영국과 아일랜드와 영국 식민지를 망라하여 단 하나밖에는 없으리라는 사실과 남자 학교를 위한 막대한 기금을 모으기는 얼마나 쉬운가를 고려해본다면 삼만 파운드는 큰 액수가 아니지요. 그러나 여성이 교육받기를 진실로 원하는 사람이 정작 몇이나 되는가를 따져본다면 그것은 꽤 큰 돈이지요." —레이디 스티븐, 『에밀리 데이비스 양의 일생』(원주)

23 "긁어모을 수 있는 돈이란 돈은 한 푼도 남김없이 건물을 짓기 위해 챙겨두었으며 쾌적함이라든가 하는 것은 훗날로 연기되었다." —R. 스트레이치, 『명분』(원주)

낭비꾼이었는지도 모르지요(그녀는 교회 목사와 결혼하여 열세 명의 아이를 낳았지요). 그러나 그랬다 하더라도 그녀의 쾌활하고 방탕한 생활은 그녀의 얼굴에다 그 즐거움의 흔적을 거의 남겨놓지 않았더군요. 그녀는 검소한 모습이었고 커다란 조가비 브로치로 여민 체크무늬 숄을 두른 노부인이었습니다. 그녀는 스패니얼로 하여금 카메라를 바라보라고 부추기면서도 카메라 셔터를 누르는 순간 그 개가 움직일 것이라고 확신하고 있는 듯 명랑하면서도 긴장된 표정을 지으며 등의자에 앉아 있었습니다. 만약 그녀가 사업을 하였더라면, 인조견 제조업자나 증권거래소의 거물이 되었더라면, 그녀가 삼만 파운드를 퍼넘에 남겨주었더라면 우리는 오늘 밤 편안히 앉아 있을 수 있었을 것입니다. 그리고 우리 대화의 주제는 고고학, 식물학, 인류학, 물리학, 원자의 성질, 수학, 천문학, 상대성 이론, 지리학 등이 되었을지도 모릅니다. 시튼 부인과 그녀의 어머니, 할머니가 그들의 아버지, 할아버지처럼 돈 버는 위대한 기술을 배워서 여성들의 용도로 충당될 연구원 기금, 강사 기금, 상금, 장학금을 설립할 돈을 남겨주기만 하였더라면, 우리는 이곳으로 호젓이 올라와 새고기 요리와 포도주 한 병으로 꽤 좋은 식사를 하였을 것입니다. 지나친 자신감을 부릴 것도 없이 우리는 후하게 대우받는 전문직이라는 은신처 안에서 유쾌하고도 명예로운 생애를 보낼 것을 기대할 수도 있었을 겁니다. 우리는 탐험을 하거나 글을 쓰고 있을는지도 모르며, 지구 위의 유서 깊은 곳들을 정처 없이 다녀보기도 하고 파르테논신전의 층계에서 명상에 젖은 채 앉아 있을 수도 있고, 아침 열 시에 사무실에 나갔다가 오후 네 시에 편안히 집에 돌아와서는 가벼운 시 한 편을 쓰고 있었을지도 모릅니다. 다만 시튼 부인과 그녀와 비슷한 여성들이 열다섯 살의 나이에 사업에 발을 들여놓았더라면 아마도 ─ 이 점이 논쟁에서의 뜻하지 않은 난관인데요 ─ 메리는 태어나지도 않았을 것입니다. 나는 메리에게 이 점을 어떻게 생각하느냐고 물었습니다. 커튼 사이로는 평온하고 사랑스런 시월의 밤이 내리고 한두 개의 별이 노랗게 물들어가는 나무들 사이에 걸려 있었습니다. 이 풍경 속의 자신의 몫과, 그리고 그 맑은 공기와 고품격의 케이크로 인해 그녀가 지칠 줄 모르고 찬양해 마지않는 스코틀랜드에서의 놀이와 싸움의 추억들을 (그들은 대가족이었지만 행복했으니까요) 메리 그녀는 포기할 준비가 되어 있었을까요? 퍼넘이 펜대 한번 휘갈겨 오만 파운드쯤의 돈을 기부받을 수 있도록 하기 위해서 말입니다. 대학에 기부금을 내려면 필연적으로, 요컨대 가족 수를 억제하지 않을 수 없었을 테니까요. 큰 재산을 벌고 또 열세 명의 자식을 낳는다는 것 ─ 어떤 인간도 그것을 감당할 수는 없을 것입니다. 우리는 이 사실들을 고려해보자고 말하였지요. 우선 아이가 태어나기 전 아홉 달이 있습니다. 그리고 아이가 태어납니다. 그리고 아이에게 젖을 먹이는 데 들어가는 서너 달이 있습니다. 젖을 물리고 난 후에는 그 아이와 놀아주는 데 걸리는 오 년이 확실히 있습니다. 아이들이 길거리에서 뛰어다니도록 내버려둘 수는 없을 테니까요. 러시아에서 아이들이 천방지축으로 뛰어다니는 것을 본 적이 있는 사람들은 그 광경이 그리 유쾌하지는 않았다고 말하지요. 또한 사람들은 사람의 성격이 한 살부터 다섯 살 사이에 그 모습을 갖추게 된다고 말하지요. 시튼 부인이 돈을 벌고 있었다면 놀이와 싸움에 대해 어떤 종류의 기억들을 당신이 가지게 되었을까요? 하고 나는 말하였습니다. 스코틀랜드에 대해 그리고 그 지방의 청명한 공기와 케이크와 그 나머지 것들에 대해 무엇을 알게 되었을까요? 하지만 이런 질문들을 하는 것은 쓸데없는 일이지요. 왜냐하면 당신은 존재조차 하지 않았을 테니까요. 게다가 시튼 부인과 그녀의 어머니, 그 어머니의 어머니들이 막대한 부를 축적하여 대학과 도서관의 토대를 쌓았다면 무슨 일이 일어났겠는가를 묻는 것도 마찬가지로 쓸모없는 일이지요. 왜냐하면 첫째로 돈을 번다는 것이 그들에게는 불가능한 일이었고, 둘째로 그것이 가능했다고 하더라도 자신이 번 돈을 자신이 소유할 권리가 법률로 보장되어 있지 않았기 때문입니다. 시튼 부인이 자기 소유의 돈을 한 푼이라도 갖게 된 것은 겨우 지난 사십팔 년 동안의 일이지요.[24] 그 이전의 모든 세기 동안에는 단 한 푼조차 예외 없이 남편의 재산이었을 것인바, 이런 생각이 시튼 부인과 그녀의 어머니, 할머니 들을 증권거래소로부터 떨어져 있게 하는 데에 한몫을 담당하였던 것이지요. 그들은 이렇게 말했을지도 모릅니다. "내가 벌어들이는 한 푼 한 푼은 모두 압수되어 남편의 현명한 처사에 따라 처분되겠지 — 아마도 장학금을 만들고 베일리얼[25]과 킹스[26]의 연구원 기금을 내놓는 데다 쓰이겠지. 그러니 돈을 벌 수 있다고 하더라도 돈 버는 일이 나에게 커다란 흥미를 돋워주는 문제는 아니지. 차라리 그 일은 남편에게 맡겨버리는 편이 더 낫지."라고 말입니다.

하여튼 스패니얼을 쳐다보고 있는 그 노부인에게 책임이 있든 없든 간에 이런저런 이유로 우리의 어머니, 할머니 들이 자신들의 직무를 아주 중대하게도 잘못 관리하였다는 것은 의심의 여지가 없습니다. 그들은 '쾌적함'을 위해, 즉 메추리 고기와 포도주, 교구 관리와 잔디밭, 책과 시가, 도서관과 여가를 위해 일전

---

24 영국에서 결혼한 여성들이 재산권을 갖게 된 것은 1882년부터다.
25 옥스퍼드 대학의 유서 깊은 칼리지 중 하나.
26 케임브리지 대학의 칼리지 중 하나.

한 푼도 떼어둘 수가 없었으니까요. 벌거벗은 땅으로부터 벌거벗은 담벼락을 세워 올리는 것이 그들이 할 수 있는 최대한의 것이었습니다.

우리는 창가에 서서, 수천 명의 사람들이 매일 밤 바라보듯이, 발아래 놓인 저 유명한 둥근 지붕과 탑들을 내려다보면서 이야기하였습니다. 도시는 가을 달빛에 젖어 매우 아름답고 신비스러웠지요. 오래된 돌들은 매우 하얗고 장엄하게 보였습니다. 우리는 저 아래에 모아놓은 온갖 책들과, 방 안에 걸려 있는 옛 고위 성직자들과 명사들의 판자 장식을 두른 사진과, 포장도로 위로 이상한 공과 초승달 모양을 드리우는 채색 유리창들과, 기념패와 기념비, 그리고 비문과 헌사들과, 분수대와 잔디밭과, 조용한 사각 교정을 가로질러 보이는 조용한 방들에 대하여 생각하였습니다. 그리고 (나의 이 생각들을 용서하십시오) 나는 또한 찬탄할 만한 담배와 술, 푹신한 안락의자와 기분 좋은 카펫에 대해, 그리고 호사로움과 내밀스런 프라이버시와 공간의 자손뻘이 되는 예의 갖춘 우아함과 온화함, 위엄에 대하여서도 생각해보았습니다. 확실히 우리 어머니들은 이 모든 것에 견줄 만한 것은 아무것도 우리에게 제공하지 못하였지요. 삼만 파운드를 긁어모으는 것이 힘든 일임을 알게 된 우리 어머니들은, 세인트루이스에서 목사님들에게 열세 명의 아이들을 낳아준 우리 어머니들은 말입니다.

그리고 나는 내 숙소로 돌아갔지요. 어둠이 깔린 거리를 걸으며 하루의 일을 마감할 때 흔히 그러듯이 이것저것을 곰곰이 생각해보았습니다. 왜 시튼 부인은 우리에게 남겨줄 돈이 없었을까? 가난이라는 것이 우리 마음에 어떤 영향을 미치는가? 부유하다는 것이 우리 마음에 어떤 영향을 미치는가? 등을 따져보았지요. 그리고 그날 아침에 보았던, 금술을 어깨에 늘어뜨린 노신사들에 대해 생각해보고, 누군가 휘파람을 불자 그들 중 하나가 달려오던 모습도 떠올려보았습니다. 교회에서 울려 퍼지던 오르간 소리와 도서관의 닫힌 문에 대해서도 생각해보았지요. 그러자 문이 잠겨 못 들어가는 것은 얼마나 불쾌한 일인가 하고 생각하였습니다. 그런데 문이 잠겨 나오지 못하고 갇혀 있는 것은 어쩌면 더욱 고약한 일일지도 모른다고 생각하였습니다. 그리고 한쪽 성性의 안녕과 번영, 다른 쪽 성의 가난과 불안정에 대해, 전통 혹은 전통의 결핍이 작가의 마음에 미치는 영향에 대해 생각하였지요. 또 마지막으로 이제는 하루의 논쟁과 인상들과 웃음과 함께 그 하루의 껍질을 돌돌 말아서 울타리 속으로 던져버릴 시간이라고 생각하였습니다. 푸르고 광막한 하늘을 가로질러 수천 개의 별이 반짝이고 있었습니다. 알다가도 모를 불가해한 사회라는 것과 홀로 상대하고 있는 듯하였지요. 모든 인간은 잠들어 있었지요―엎드려, 수평으로, 벙어리가 된 채 말입니다. 옥스브리지 거리에는 사람 하나 얼씬거리지 않았습니다. 호텔 문조차 보이지 않는 손이 닿자 휙 열렸습니다. 내 잠자리로 불을 밝혀 안내하고자 자지 않고 일어나 앉아 있는 부츠 (신은 사람) 하나 없었습니다. 매우 늦은 시간이었지요.

제2장

여러분에게 나를 따라오라고 청해도 된다면, 이제 장면이 바뀌었습니다. 나뭇잎은 여전히 떨어지고 있지만 이제는 옥스브리지가 아니라 런던이지요. 그리고 나는 여러분이, 다른 수천 개의 방처럼, 사람들의 모자와 소형 짐차와 자동차 위를 가로질러 다른 창을 마주 보는 그런 창문이 있는 어떤 방 하나를 상상해주기를 부탁해야겠습니다. 그 방 안의 탁자 위에는 큰 글씨로 '여성과 픽션'이라고만 쓰여 있을 뿐 그 이상은 아무것도 적혀 있지 않은 백지 하나가 놓여 있습니다. 옥스브리지에서의 오찬과 정찬의 후속편은 불행하게도 영국 박물관의 방문인 것 같습니다. 우리는 앞서의 그 모든 인상들 속에 존재하는 개인적이고 우연적인 것을 걸러내고 순수한 액체, 즉 진리의 정유를 얻어내야만 하는 것이지요. 옥스브리지의 오찬회와 정찬회를 다녀오자 질문들이 쏟아지기 시작했으니까요. 왜 남자들은 포도주를 마시고 여자들은 물을 마시는가? 왜 한쪽 성은 그렇게 부유하고 다른 쪽 성은 그다지도 빈곤한가? 가난은 픽션에 어떤 영향을 미치는가? 예술 작품을 창조하는 데는 어떤 조건들이 필수적인가? ─수천 개의 질문들이 한꺼번에 떠올랐던 것이지요. 하지만 필요한 것은 질문이 아니라 대답이었습니다. 그리고 대답이란, 설전과 육체의 혼돈 너머로 스스로 물러나 앉아서, 영국 박물관에서나 발견되는 서적에다 자신들의 추론과 연구의 결과를 게재해온 학식 있고 편견 없는 사람들로부터 조언을 받아서만이 얻을 수 있는 것이지요. 공책과 연필을 챙기면서 나는 스스로에게 물었습니다. 진리가 영국 박물관의 서가에서 발견될 수 없다면 어디에 진리가 있겠는가 하고 말입니다.

이렇게 채비를 하고 이렇듯 자신 있고 탐구적인 자세로 나는 진리를 찾으러 나섰던 것입니다. 그날은 실제로 비가 오지는 않았지만 음울하였으며 박물관 근처의 거리는 석탄 자루가 쏟아져 들어가고 있는, 문을 열어놓은 석탄 창고들로 가득하였습니다. 사륜마차들이 다가와서는 길 위에다 굵은 끈으로 묶은 상자들을 내려놓았는데, 추측건대 그 안에는 재산이나 은신처, 혹은 겨울철 블룸즈버리의 하숙집에서 찾아볼 수 있는 여러 다른 값진 일용품들을 찾고 있는 스위스나 이탈리아인 가족들의 옷가지 전부가 들어 있겠지요. 흔히 보는 쉰 목소리의 남자들이 손수레에 화초를 싣고 길거리 퍼레이드를 벌였습니다. 어떤 이는 소리쳐 부르고 어떤 이는 노래를 불렀지요. 런던은 하나의 공장 같았습니다. 런던은 하나의 기계 같았지요. 우리들은 어떤 문양이 되기 위해 이 무지의 바탕 천 위에 앞으로 뒤로 짜 넣어지고 있었던 것이지요. 영국 박물관은 그 공장의 또 하나의 부서였지요. 안팎으로 열리는 자동문이 획 열리자 거대한 둥근 천장 아래 서 있게 되더군요. 자신이 마치, 한 무리의 유명한 명사들이 눈부시게 둘러싸고 있는, 훤히 벗겨진 넓은 이마 속에 들어 있는 하나의 생각 같았습니다. 카운터에 가서 종이 쪽지 하나를 집어 들고는 도서 목록

한 권을 펼쳤지요. 그러자 · · · · · 이 다섯 개의 점은 망연자실하고 놀라고 당황한 오 분 동안을 각각 나타내고 있는 것입니다. 일 년 중에 얼마나 많은 책이 여성에 대하여 쓰고 있는지 여러분들은 알고 있습니까? 그것도 얼마나 많은 책이 남성에 의해 씌었는지 알고 계시는지요? 여성 여러분이 아마도 이 우주에서 가장 많이 논의되는 동물일 거라는 사실을 알고 계시는지요? 아침나절이 끝날 때쯤엔 내 공책 위에 어떤 진실을 옮겨 적을 수 있게 되리라 생각하며, 나는 오전 시간을 책 읽는 데 보내기로 하고 공책과 연필을 챙겨 여기로 왔던 것입니다. 나는 가장 오래 사는 것으로, 그리고 가장 다각적으로 볼 수 있는 것으로 유명한 동물들을 필사적으로 찾아보면서, 그러나 이 모든 일을 처리해나가기 위해서는 내가 한 무리의 코끼리나 광야를 메울 거미 떼가 되어야 할 필요가 있을 거라고 생각하였지요. 껍데기를 뚫고 들어가는 데만도 강철로 만든 손톱과 청동 부리가 필요했으니까요. 이 산더미 같은 종이 속에 박혀 있는 진리의 알갱이들을 도대체 어떻게 발견할 수 있다는 말인지요? 이렇게 자문하면서 기다란 도서 목록을 절망에 싸인 채 아래위로 훑어보기 시작하였습니다. 심지어 책의 제목부터가 내게 생각거리를 주더군요. 여성과 남성이라는 성, 그리고 그것의 특성이 의사나 생물학자의 관심을 끄는 것은 그럴 만도 한 일입니다. 그러나 놀라우면서도 설명하기가 어려운 대목은 성이—다시 말해 여성이—유쾌한 수필가와 손끝이 잽싼 소설가들과 석사 학위를 받은 젊은 남자들과 학위를 받지 않은 남자들과 그리고 자신들이 여자가 아니라는 것 외에는 어떠한 드러난 자격도 갖추지 않은 남자들의 관심을 또한 끌고 있다는 사실입니다. 이 책들 중에서 어떤 것들은 언뜻 보기에 경박하고 익살스러웠지만, 한편 많은 책들이 심각하고 예언적이며 도덕적이고 권고조였습니다. 단지 제목만 읽어봐도 연단과 설교대에 올라서서는 한 가지 주제 연설에 보통 할애되는 시간을 훨씬 초과하는 다변으로 장황하게 이야기하는 무수한 교장 선생님들과 무수한 목사님들을 떠올리게 하지요. 이것은 매우 이상한 현상이었으며 명백히—여기서 나는 글자 M을 찾고 있었지요—남성male에게 국한된 현상이었습니다. 여성들은 남성에 대해 책을 쓰지 않는바, 이것은 내가 안도의 숨을 쉬며 환영해 마지않는 사실입니다. 왜냐하면 내가 우선 남성들이 여성들에 대하여 쓴 것을 모두 다 읽고 그다음에 여성들이 남성에 대하여 쓴 모든 것들을 읽어야만 한다면 백 년에 한 번 꽃 피운다는 알로에가 두 번 꽃을 피워야 내가 종이에 펜대를 갖다 대게 될 테니까요. 그래서 완전히 내 멋대로 열두 권 가량의 책을 선택해서는 대출 카드를 철망 서류함에 놓고 진리의 정유를 찾아 나선 사람들 틈에 끼어 내 자리에서 기다렸습니다. 영국의 납세자들이 다른 목적을 위해 제공한 대출 카드 위에다 수레바퀴 모양의 낙서를 하면서, 그러면 이 이상한 불균형의 이유는 무엇일까 하고 따져보았습니다. 이 도서 목록으로 판단하건대, 남성이 여성에게 흥미로운 것보다는 여성이 남성에게 훨씬 더 흥미로운 것일까요? 그것은 매우 이상해 보였으며 내 마음은 여성에 관한 책들을 쓰는 데다 시간을 보낸 남자들의 삶을 이리저리 그려보게 되었습니다. 그들은 나이가 많았을까 적었을까, 결혼을 했을까 안 했을까, 빨간 코였을까 곱사등이였을까—아무튼 막연하나마 자신이 이러한 관심의 대상이 되고 있다는 것을 감지한다는 것은, 만일 그 관심이 전적으로 불구자와 병자들이 기울이는 것만은 아니라고 한다면 우쭐해질 일이지요—이런 식으로 생각에 잠겨 있었는데 마침내 이 모든 부질없는 생각들은 내 앞의 책상 위로 미끄러져 내려오는 산사태와 같은 책 더미로 인해 끝이 나버렸습니다. 이제 고생의 시작이었습니다. 옥스브리지에서 연구하는 방법을 훈련받은 학생이라면 양 떼들을 우리로 몰듯 질문들이 그 해답의 우리로 들어갈 때까지 그 질문 떼가 옆길로 새지 않도록 몰아가는 방법을 틀림없이 알고 있었을 것입니다. 예를 들어 과학 참고서에서 뭔가 부지런히 베껴 쓰고 있는 내 옆의 학생은, 내가 확신하건대 십 분 정도마다 알짜배기 광석의 순수 귀금속 덩어리를 캐내고 있었지요. 그가 중얼대는 만족에 찬 작은 소리가 그것을 말해주었습니다. 그러나 불행하게도 대학에서 훈련을 받은 적이 없는 사람이라면 질문의 우리 속으로 몰아넣어지기는커녕 놀란 동물 떼처럼 한 무리의 사냥개들에게 쫓겨 이리저리, 허둥지둥 도망다니겠지요. 교수님, 교장 선생님, 사회학자, 성직자, 소설가, 수필가, 언론인, 그리고 여자가 아니라는 것 외에는 어떤 자격도 갖추지 않은 남자들이 나의 단 하나의 간단한 질문을—왜 여성은 가난한가—추적하였고, 마침내 그 질문은 오십 개의 질문이 되었고, 또 그 오십 개의 질문은 미친 듯이 강물 한가운데로 뛰어들더니 떠밀려갔습니다. 내 공책의 모든 페이지는 읽고 적은 내용들로 휘갈겨 써졌습니다. 그때 내가 처했던 마음 상태를 보여드리기 위해 그중 몇 장을 여러분에게 읽어드리겠습니다. 그 페이지들은 목판 글자로 아주 단순하게 '여성과 가난'이라는 표제가 달려 있었지만 뒤따라 나온 것은 다음과 같은 것이었다고 설명드리면서 말이지요.

중세의 ……의 조건
피지 섬에서의 ……의 습관
……에 의해 여신으로 숭배됨
……보다 도덕 의식이 약함

……의 이상주의

……이 훨씬 더 양심적임

남태평양 섬사람들의 ……사이에서의 사춘기 연령

……의 매력

……에 희생물로 바쳐짐

작은 크기의 ……의 두뇌

……의 더욱 심오한 잠재의식

……의 몸에는 털이 더 적게 남

……의 정신적, 도덕적, 육체적 열등

……의 아이들에 대한 사랑

……의 더 긴 수명

……의 더 약한 근육

……의 애정의 강렬함

……의 허영심

……의 고등교육

……에 대한 셰익스피어의 견해

……에 대한 버컨헤드 경의 견해

……에 대한 잉거 학장의 견해

……에 대한 라브뤼예르[1]의 견해

……에 대한 존슨 박사의 견해

……에 대한 오스카 브라우닝의 견해, ……

여기서 나는 한숨을 들이쉬고, 그리고 정말로 여백에 덧붙여 넣었습니다. 새뮤얼 버틀러[2]는 왜 현명한 남자란 여성에 대해 생

1   장 드 라브뤼예르(1645~1696), 프랑스의 풍자적 모랄리스트.
2   1612~1680,「휴디브래스」를 쓴 영국 시인, 풍자가.

각하는 바를 결코 이야기하지 않는다고 말하는 것일까요? 하고
말입니다. 언뜻 보기에 현명한 남자들은 그 밖의, 즉 여자 이외의
다른 이야기는 결코 하지 않는 듯한데 말입니다. 그 안에 들어서
면 내 자신이 이때쯤엔 다소 괴롭힘을 당한 하나의 생각처럼 느
껴지는 그 거대한 둥근 천장을 바라보면서 의자에 뒤로 기대어
계속 생각하였습니다. 그러나 불행한 사실은 현명한 남자들이 여
성에 대해 결코 똑같은 생각을 하지 않는다는 것입니다. 포프[3]는
이렇게 말합니다.

"대부분의 여성들은 도대체 특성, 개성이 없다."

그리고 라브뤼예르는 이렇게 말합니다.

"여성은 극단적이다. 그들은 남성보다 우월하거나 또는 열등
하다."

동시대인인 예리한 두 관찰자가 보이는 명백한 상호 모순이지
요. 여성은 교육받을 능력이 있는가, 없는가? 나폴레옹은 그럴 능
력이 없다고, 존슨 박사[4]는 그럴 능력이 있다고 생각했습니다.[5]
여성들은 영혼이 있는가, 없는가? 어떤 야만인들은 여성에게 영
혼이 없다고 말하고, 다른 사람들은 여성은 반쯤 신성하다고 하
며 그러한 연유로 여성을 숭배합니다.[6] 어떤 현자들은 여성은 두
뇌 면에서 머리가 더 나쁘다 하고 다른 이들은 여성이 의식 면에

---

3 알렉산더 포프(1688~1744), 『인간론』 『비평론』으로 유명한 영국 신고전주의 시대의 시인,
  풍자가.

4 새뮤얼 존슨(1709~1784), 영국의 시인, 비평가, 수필가.

5 "'남성들은 여성이 자신에게 과분한 짝이라는 것을 알고 있으며, 따라서 그들은 가장 나약하
  거나 무지한 여성을 선택한다. 만약 그렇게 생각하지 않는다면 그들이 자신들만큼이나 똑똑
  한 여성들을 두려워할 까닭이 없을 것이다.' (⋯) 남성에게 공평하고자 해서 말하건대, 그 후 이
  어진 어느 대화에서 존슨은 자신이 한 말이 진담이었다고 내게 말했음을 인정하는 것이 공정
  한 처사라고 생각한다." ―보즈웰, 『헤브리디스로의 여행기』(원주)

6 "고대 독일인들은 여성에게는 뭔가 신성한 데가 있다고 믿었으며, 따라서 여성을 신탁을 전하
  는 사람이라 여기고 그들에게 자문을 구했다." ―프레이저, 『황금가지』(원주)

서는 더 심오하다고 주장합니다. 괴테는 여성을 존경하였으며 무솔리니는 경멸하였지요. 어디를 둘러봐도 남자들은 여성에 대해 생각하였고 또한 서로의 생각에는 차이가 있었습니다. 나는 이 모든 것의 머리가 어디인지 꼬리가 어디인지 다 파악한다는 것은 불가능한 일이라고 결론을 내렸지요―내 공책이 모순되는 내용의 정신없는 낙서들로 요란법석을 떠는 동안에 나는 이따끔 A, B 혹은 C라는 표제를 달아가며 말끔하게 요약 정리를 하고 있는 내 옆의 독자를 부러운 듯 힐끗힐끗 바라보았지요. 그것은 괴롭고 당황스럽고 치욕적이었습니다. 진실은 내 손가락 사이로 새나가 진리의 방울 하나하나가 남김없이 빠져나가버렸지요.

나는 곰곰이 생각해보았습니다. 집으로 돌아가서 여성과 픽션의 연구에 대한 중대한 공헌이랍시고 여성은 남성보다 몸에 털이 적게 난다든가, 남태평양 제도의 섬사람들 사이에서는 사춘기가 아홉 살―아니 아흔 살이던가? 심지어 내 육필조차 갈피를 못 잡아 해독할 수 없이 되어버렸군요―이라든가 하는 말을 덧붙일 수는 없는 노릇이었지요. 아침 내내 작업을 하고 나서 보여줄 만한 보다 더 무게 있고 훌륭한 무엇을 얻지 못했다는 것은 수치스러운 일이었습니다. 만일 내가 과거의 W[7]―간략함을 위해 여성을 이렇게 부르게 되었습니다―에 대한 진실을 파악할 수 없다고 한다면 미래의 여성에 대해서 일부러 걱정할 이유가 어디 있겠습니까? 여성과 여성이 그 무엇이건 간에 그에 대해 미치는 영향에 관하여 전문적으로 연구하는 그 모든 신사분들에게서 조언을 구한다는 것은 순전히 시간 낭비로 보였습니다. 그들이 아무리 숫자가 많고 학식이 많다고 하더라도 말입니다. 그들의 책은 펴 보지 않은 채 내버려두는 것이 차라리 낫지요.

7 woman의 머리글자를 가리킴.

그런데 이렇게 생각에 잠겨 있는 동안 나는 무력감에 젖어 자포자기한 심정이 되어, 내 옆의 독자처럼 결론을 쓰고 있어야 할 대목에서 무의식적으로 그림을 그리고 있었습니다. 어떤 얼굴, 어떤 형체를 그리고 있었지요. 그것은 「여성의 정신적, 도덕적, 육체적 열등감」이라는 제목의 기념비적 논문의 집필에 열중하고 있는 X 교수의 얼굴과 모습이었습니다. 내 그림 속에서의 그는 여성들에게 매력적인 남성은 아니었지요. 그는 육중한 체격이었으며 널찍한 턱뼈에다 그것과 균형을 이루려는 듯 아주 작은 눈을 가졌으며 얼굴은 새빨간 색이었습니다. 그의 표정은, 마치 그가 논문을 쓰면서 어떤 유해한 곤충을 죽이고 그것을 죽였는데도 성이 차지 않아 계속 죽이지 않으면 안 되고 또 그렇게 해도 분노와 짜증의 원인은 여전히 남아 있는 것처럼, 펜대를 종이에다 쿡쿡 찌르게 만드는 어떤 감정에 휩싸여 그가 작업 중이라는 것을 넌지시 말해주었지요. 내 그림을 보면서 나는 물어보았지요. 그 원인이 그의 부인이었을까? 그녀가 기병대 장교와 사랑에 빠졌는가? 그 기병대 장교는 날씬하고 우아하고 모피 옷을 입었는가? 프로이트 이론에 의하자면 그가 요람 속의 유아기 시절에 어여쁜 소녀한테 놀림받은 적이 있는 것일까? 내 생각에 요람 안에서조차 그 교수는 매혹적인 아이일 리는 없었을 것이기 때문이지요. 무슨 이유에서든 내 그림 속에서의 그 교수는 정신적, 도덕적, 신체적 열등감에 관한 대단한 책을 쓸 당시 매우 화가 나 있고 아주 추하게 보이도록 그려놓았지요. 그림을 그린다는 것은 무익한 아침나절의 작업을 마무리 짓는 게으른 방법이었습니다. 그러나 가라앉은 진실이 위로 떠오르는 것은 우리가 할 일 없어 게을러지고 꿈을 꿀 때입니다. 내 공책을 들여다보려니까, 정신분석학이라는 이름으로 위엄을 갖출 것도 없이 아주 기초적인 심리학 실습 경험만으로도 분노에 찬 그 교수의 그림은 바로 분노 속에서 그려졌다는 것을 내게 드러내 보여주었습니다. 내가 꿈꾸고 있는 동안 분노가 내 연필을 채갔던 것이지요. 그런데 분노는 거기서 무엇을 하고 있었던 것일까요? 흥미, 혼돈, 즐거움, 지겨움―이 모든 감정들이 아침나절 동안 연이어 나타날 때 나는 그 종적을 추적하여 이름을 붙일 수가 있었습니다. 그것들 사이에 분노가, 그 검은 뱀이 잠복하고 있었던 것일까요? 네, 그래요. 분노가 숨어 있었다고 그 그림은 말합니다. 그 스케치는 나에게 그 악마를 깨운 한 권의 책, 아니 문구 하나를 확실하게 언급해 주었는데, 그것은 여성의 정신적, 도덕적, 육체적 열등에 관한 그 교수의 진술이었습니다. 나는 심장이 뛰고, 뺨이 타올랐고, 화가 치밀어 얼굴이 시뻘개졌습니다. 그의 발언에서 특별히 괄목할 만한 것은 없었지요. 그 누구도, 거칠게 숨을 쉬고 기성품 넥타이를 매고 최근 이 주일간 면도도 하지 않은 왜소한 남자보다―나는 내 옆의 학생을 보았지요―자신이 본래부터 열등하다는 소리를 듣는 것을 좋아할 리가 없지요. 누구나 어떤 어리석은 허영심을 가지고 있으니까요. 그것은 인간의 본성일 따름이라고 생각하며 나는 그 성난 교수님 얼굴 위에다 수레바퀴, 원 모양을 덧그리기 시작하였습니다. 마침내 그는 타오르는 덤불이나 불꽃 넘실대는 혜성―어쨌든 인간적 외관이나 의미는 찾아볼 수 없는 유령같이 보였지요. 이제 그 교수는 햄프스테드 황야의 산꼭대기에서 타오르는 장작 더미 이외에는 아무것도 아니었습니다. 곧 내 분노는 설명이 되었고 끝났습니다. 그러나 호기심은 남아 있었지요. 이제 그 교수라는 사람들의 분노를 어떻게 설명할까? 왜 그들은 화가 났을까? 이 책들이 남기는 인상들을 분석하기에 이르면 거기에는 항상 어떤 열기의 요소가 있었지요. 이 열기는 여러

형태를 취하는데, 즉 풍자, 정감 어림, 호기심, 꾸지람의 모습으로 자신을 드러내었지요. 그런데 종종 실재하는데도 즉각적으로 정체가 밝혀지지 않는 또 다른 요소가 있습니다. 분노, 나는 그것을 그렇게 불렀지요. 그러나 그것은 땅속으로 숨어들어 온갖 종류의 다른 감정들과 섞여버린 그런 분노였습니다. 그것이 미치는 기묘한 효력으로, 판단컨대 그것은 단순하고 노골적인 분노가 아니라 복합적이고 가장된 분노였습니다.

이유가 무엇이든지 간에 책상 위의 책 더미를 훑어보며 이 모든 책들은 내 목적을 위해서는 값어치가 없는 것들이라고 생각하였습니다. 다시 말해서 인간적으로는 그 책들이 가르침과 재미와 지루함과 피지 섬 주민들의 관습에 대한 기이한 사실들로 가득 차 있다고 하더라도 과학적으로는 무가치하다는 것입니다. 그것들은 감정의 붉은빛으로 쓰였지 진실의 백열광으로 쓰인 것은 아니었습니다. 그러므로 그 책들은 중앙 테이블로 반납되어 커다란 벌집 속 각각의 칸으로 되돌아가야만 합니다. 그날 아침의 작업에서 내가 건져낸 것은 분노라고 하는 하나의 사실이었지요. 그 교수님들은—나는 이런 식으로 그들 모두를 뭉뚱그려 말합니다—화가 났습니다. 그런데 왜지? 책을 반납하고 나서 나는 스스로에게 물었습니다. 왜? 주랑 아래의 비둘기 떼와 선사시대의 카누 가운데 서서 나는 반복하여 물었지요. 왜 그들은 화가 났을까? 이런 질문을 스스로에게 던지면서 나는 점심 먹을 장소를 찾아 어슬렁어슬렁 걷기 시작했습니다. 이 순간 내가 분노라고 명명한 것의 진짜 본성은 무엇인가? 나는 물었습니다. 이 물음은 영국 박물관 근처 어딘가의 작은 레스토랑에서, 주문한 음식이 나오기까지의 시간 내내 지속된 수수께끼였지요. 먼저 점심을 먹고 간 어떤 사람이 석간신문의 초판을 의자 위에 놓고 갔기에 나는 음식이 나오기를 기다리며 한가로이 표제를 읽기 시작했습니다. 매우 큼직한 활자들이 한 줄의 띠 모양으로 신문 한 면을 차지하고 있더군요. 누군가 남아프리카에서 크게 성공하였다지요. 더 작은 활자로 된 짧은 한 줄은 오스틴 체임벌린 경이 제네바에 있다는 것을 알려주었습니다. 어떤 지하실에서 사람의 머리카락이 붙어 있는 고기 자르는 도끼가 발견되었다지요. 모 재판관은 이혼 법정에서 여성의 뻔뻔스러움에 대하여 논평하였답니다. 그 밖에 다른 뉴스거리들이 신문 곳곳에 산재해 있었지요. 어느 여배우는 캘리포니아의 산 정상에서 늘어뜨려진 채 허공에 매달려 있는 상태랍니다. 날씨는 안개가 낄 것이라고 합니다. 이 혹성을 아주 잠깐만 방문하여 신문을 펴든 사람이라면 심지어 여기 산재된 증언만 보아서도 영국은 가부장제의 지배하에 있다는 것을 반드시 알아차리게 될 것입니다. 제정신인 사람이라면 누구나 그 교수의 득세를 탐지해내지 않을 수 없다는 말입니다. 권력과 돈과 영향력은 바로 그의 것이었습니다. 그는 그 신문의 소유주요, 편집자요, 부편집장이었지요. 그는 외무 장관이며 판사였습니다. 크리켓도 쳤고 경마와 요트를 소유하고 있습니다. 주주들에게 이백 퍼센트를 지불하는 회사의 중역입니다. 그는 자신이 관리하는 자선단체와 대학에 수백만 파운드를 남겼습니다. 그가 그 여배우를 허공에 매달아두었습니다. 그가 고기용 도끼 위의 털이 인간의 것인지, 아닌지 결정할 것입니다. 살인자를 사면하거나 유죄판결을 내리고 그를 교수형에 처하거나 석방할 사람은 바로 그 사람입니다. 안개만 제외하고 그는 모든 것을 통제하는 듯하였습니다. 그런데 그가 화가 났습니다. 그가 화났다는 것을 내가 알게 된 것은 이런 증거에 의한 것이지요. 즉 그가 여성에 대하여 쓴 글을 읽을 때 나는 그가 말한 내용이 아니라 그 사람 자신에 대하여 생각해보았던 것입니다. 논쟁자가 냉정하게 논의를 펼 때는 그는 논의 자체만을 생각하고 있는 것이며, 그러면 독자도 또한 그 논의에 대해 생각하지 않을 수 없지요. 그가 만일 여성에 대해 감정에 치우치지 않고 글을 쓰고 그의 논점을 확립시켜줄, 반박할 수 없는 증거들을 사용하고 그 결과가 이것보다는 저 것이었어야 하는데 하는 바람의 흔적을 보여주지 않았다면 누구도 또한 화가 날 리가 없었을 것입니다. 우리가 완두콩은 푸른색이요, 카나리아는 노란색이라는 사실을 인정하듯 그 논점의 사실을 인정했을 것입니다. 그렇게 말하면 그렇지요, 하고 나도 말했을 것이라는 이야기입니다. 그러나 그가 분노하였으므로 나도 분노하였습니다. 석간신문을 넘기면서 나는 생각하였지요. 이 모든 권력을 가진 남자가 화를 낸다는 것은 터무니없다고 말입니다. 아니면 화라는 것은 어쨌든 권력의 심부름 요정, 수행원 요정인가? 하고 의아해했습니다. 예를 들어 부자들은 가난한 사람들이 자신들의 재산을 움켜쥐고 싶어 한다고 의심하기 때문에 종종 분노에 차지요. 그 교수님들은, 혹은 좀 더 정확하게 그들을 부르자면, 그 가장家長들은 부분적으로는 그런 이유 때문에, 그러나 일부는 겉으로는 덜 분명하게 나타나는 이유 때문에 화가 날지도 모릅니다. 그들이 전혀 '화'나지 않았을 가능성도 있지요. 사실 종종 그들은 사적인 여러 인간 관계에서는 감동 잘하고, 헌신적이고 모범적이니까요. 아마도 그 교수가 여성의 열등감을 약간 너무 단호하게 주장하였을 때 그는 여성의 열등함보다는 자기 자신의 우월함에 대해 관심을 갖고 있었을 것입니다. 그것이 그가 열을 내어 지나치게 강조하며 보호하려 했던 것이었지요. 그에게는 그것이 가장 희귀한 가치를 지닌 보석이었으니까요. 인생이란 양성 모두에게 — 나는 보도를 따라 어깨를 밀치며 앞으로 나아가는 사람들을 바라보았지요—힘들고, 어렵고, 하나의 영원한 투쟁입니다. 그것은 커다란 용기와 강인함을 요구합니다. 또한 우리는 무엇보다 환상의 동물이므로 인생은 자기 자신에 대한 자신감을 요구합니다. 자신감이 없이는 우리는 요람 속의 어린 아기와 마찬가지입니다. 그렇다면 우리는 어떻게 이 헤아릴 수 없으면서도 말할 수 없이 소중한 자질을 가장 빠르게 갖출 수 있을까요? 다른 사람들이 자신보다 열등하다고 생각함으로써이지요. 즉, 자신이 다른 사람에 비해 타고난 우월함을 가지고 있다고 느낌으로써이지요—그 우월함은 재산, 지위, 곧은 콧대, 혹은 롬니[8]가 그린 할아버지의 초상화일 수도 있지요. 인간의 상상력이 만들어내는 애처로운 책략에는 끝이 없으니까요. 따라서 뭔가 정복하고 지배해야만 하는 가장에게는 사실상 인류의 절반인 수많은 사람들이 본디 자신보다 열등하다고 느끼는 것이 가장 중요한 일이 되겠지요. 이것이 실제로 그의 권력의 중요한 원천 중 하나임에 틀림없습니다. 그런데 이 관찰의 빛을 실제 생활에다 비추어 보자고 나는 생각했습니다. 그것이 일상 생활의 가장자리에서 우리가 주목하는 심리학적 수수께끼 중의 어떤 것들을 설명하는 데 도움이 되어줄까요? 얼마 전에 Z라고 하는 가장 인간적이고도 겸손한 남자가 레베카 웨스트[9]가 쓴 책을 집어 들고 한 단락을 읽다가는 "형편없는 페미니스트잖아. 아니 남자들이 속물이라고 말하다니?" 하고 외쳤을 때 내가 느낀 경악을 설명해줄까요? 몹시도 놀라운—왜냐하면 대체 어떤 이유로 웨스트 양이 남성에 대해 칭찬조는 아니더라도 진실할 수도 있는 말을 했다 하여 형편없는 페미니스트가 되는 건가요?—그 외침은 단순히 상처 입은 허영

---

8 조지 롬니(1734~1802), 18세기 말 영국 상류사회에서 인기 높던 초상화가. 모델의 성격이나 감정을 최소화한 초상화로 유명함.

9 1892~1983, 여성 참정권 운동가로 유명해진 영국의 언론인, 비평가, 소설가.

심의 울부짖음은 아니었습니다. 그것은 스스로의 역량을 믿고 있는 자신의 권력이 침해당한 데에 대한 항거였습니다. 여성은 이 모든 세기 동안 남성의 모습을 원래 크기보다 두 배로 확대 반사시켜주는, 마술적이고도 입맛에 맞는 능력을 소유한 거울로서 이바지해왔지요. 이 능력이 없다면 아마 이 지구는 여전히 늪과 정글 상태였을 것입니다. 온갖 전쟁의 영광도 알려지지 않았을 것입니다. 우리는 여전히 양의 뼈다귀에 사슴의 윤곽을 긁어 새기고, 양가죽 또는 우리의 소박한 구미를 당기는 간단한 모든 장신구와 부싯돌을 물물교환하고 있을는지도 모릅니다. 초인이라든가 운명의 손길이라는 것은 결코 존재하지 않았을 것입니다. 차르 황제나 카이저 황제는 왕관을 써본 적도 그것을 잃은 적도 없었겠지요. 문명화된 사회에서 그 쓸모가 무엇이 되든 간에 거울은 난폭하고 영웅적인 행위에 본질적으로 중요한 것입니다. 그것이 바로 나폴레옹과 무솔리니가 그렇게 힘주어 여성의 열등함을 주장한 이유이지요. 여성들이 열등하지 않다면 자신들이 더 이상 확대되지 않기 때문이지요. 이것이 그렇게 종종 여성이 남성에게 필수 불가결한 존재가 되는 이유를 부분적으로 설명해주지요. 그리고 이것이, 남성이 여성에게 비판을 받으면 얼마나 갈팡질팡해지는가를 설명해줍니다. 즉, 똑같은 비판을 가하는 남성보다 훨씬 더 큰 고통과 훨씬 더 큰 분노를 일으키지 않으면서 여성이 남성들에게 이 책은 서툴고 이 그림은 힘이 없다고 평하는 것이 얼마나 불가능한 일인가를 설명해줍니다. 왜냐하면 여성이 진실을 말하기 시작하면 확대경 속의 형체는 오그라들고 삶을 감당할 그의 능력이 감소되기 때문이지요. 아침 식사, 저녁 식사에서 자신이 실제 크기보다 최소한 두 배로 늘어난 것을 볼 수 없다면, 그가 어떻게 계속하여 판결을 내리고 원주민을 개화시키고 법률을 제정하고 책을 쓰고 옷을 차려입고 연회에서 연설을 할 수 있겠습니까? 빵을 잘게 쪼개며 커피를 저으며, 이따금 거리의 사람들을 바라보며 그런 식으로 생각해보았습니다. 거울의 환영은 활력을 충전시키고 신경조직을 자극하기 때문에 최고로 중요한 것이지요. 그것을 치워보십시오. 남성은 코카인을 빼앗긴 마약중독자처럼 죽을지도 모릅니다. 창밖을 내다보며 생각했지요. 길을 걷고 있는 사람의 절반은 이러한 환상의 주문에 걸린 채 일터를 향해 성큼성큼 걸어가고 있다고 말입니다. 그들은 아침이면 그 주문의 기분 좋은 광선 아래에서 모자를 쓰고 코트를 입지요. 그들은 자신감에 차고 기운이 넘쳐 자신들이 스미스 양의 티 파티에서 뭇사람들의 열망을 받으리라고 믿으며 하루를 시작합니다. 방으로 들어가며 그들은 스스로에게 말합니다. 여기 있는 사람들의 절반보다 나는 우월하다고 말입니다. 바로 이런 식으로 그들은 공적 사회 생활에서 그렇게 심오한 결과를 초래하고 사적인 내밀한 마음의 여백에다 그렇게 기묘한 기록을 남기는 자신감을 가지고, 그리고 자기 확신을 가지고 말을 합니다.

그러나 남성 심리라고 하는 이 위험하고도 매혹적인 주제에 대한 이러한 공헌은—바라건대 이것은 여러분들이 오백 파운드라는 자신의 돈을 가질 때에 연구할 주제이지요—식사 계산서를 지불해야 할 필요성 때문에 중단되었습니다. 오 실링 구 펜스가 나왔습니다. 나는 웨이터에게 십 실링짜리 지폐를 주었고 그는 거스름돈을 가져다주려고 갔습니다. 내 지갑 속에는 또 하나의 십 실링짜리 지폐가 있었는데, 나는 그것을, 그것은 여전히 내 숨을 멎게 하는 사실이니까요, 목격하였습니다—십 실링짜리 지폐들을 자동적으로 부화해내는 내 지갑의 능력을 말입니다. 내가 지갑을 열면 지폐들은 거기에 있는 것이지요. 사회는 나의 숙모가 물려준 몇 장의 종잇조각에 대한 대가로 닭고기와 커피와 침대와 숙소를, 내가 그녀의 이름을 공유한다는 이유만으로 나에게 제공해줍니다.

나의 숙모 메리 비튼은, 여러분에게 이 말씀을 꼭 드려야겠는데, 봄베이에서 말을 타고 바람 쐬러 나갔다가 말에서 떨어져 돌아가셨습니다. 내가 유산을 받게 되었다는 소식은 여성에게 투표권을 부여하는 법안이 통과되던 같은 날 밤에 내 귀에 들려왔습니다. 한 사법 변호사의 편지가 우편함에 떨어져 있기에 뜯어보니 그녀는 내가 계속하여 오백 파운드의 유산을 받도록 해놓았더군요. 둘 중에서, 투표권과 돈 중에서, 고백하건대, 돈이 무한히도 더 중요하게 여겨졌습니다. 이전에 나는 신문사에다 임시 잡무직을 구걸하고 이 신문에는 지루한 쇼에 대해 저 신문에는 결혼식에 대해 기사를 쓰면서 돈을 벌어 살았지요. 그리고 봉투에 주소를 쓰고, 노부인들에게 책을 읽어주고, 조화를 만들고, 유치원 아이들에게 알파벳을 가르치면서 몇 파운드의 돈을 벌었지요. 그런 것들이 1918년 이전에 여성에게 열려 있는 주된 일거리였으니까요. 그런 일들의 어려움을 상세하게 기술할 필요는 없다고 나는 생각하지요. 아마 여러분도 그런 일을 한 여자들을 알고 있을 테니까요. 또한 돈을 벌었을 때 그 돈에 의존하여 살아가는 것의 어려움을 기술할 필요는 없지요. 여러분도 시도해보았을 테니까요. 그러나 그 무엇보다도 더 괴로운 고통으로 나에게 여전히 남아 있는 것은 그 시절이 내 안에 번식시킨 두려움과 쓰라림이라는 독약이었습니다. 우선 자신이 하고 싶지 않은 일을 항상 하고 있다는 것, 그것도 노예처럼 아첨을 떨고 아양을 부리며 한다는 것—그렇게 하는 것이 늘 부득이해서만은 아니지만 필요한 일이었고, 또 걸려 있는 이해관계가 모험을 무릅쓰기에는 너무나 컸지요—그리고 그것을 감춘다는 것은 곧 죽음을 의미하는 하나의 재능이—하찮은 것이지만 그것을 지닌 사람에게는 소중한—소멸되어가고 있으며 그것과 함께 나 자신, 내 영혼도 죽어가고 있다는 생각, 이 모든 것들이 봄날의 만개한 꽃들을 잠식해버리고 그 심장부에서 나무들을 파멸시키는 녹 같은 것이 되어버렸지요. 그러나 내가 말한 대로 숙모님이 돌아가셨고 그리하여 십 실링짜리 지폐를 잔돈으로 바꿀 때마다 그 녹과 부식 작용은 조금씩 닳아 벗겨져 나가고 두려움과 쓰라림도 가버립니다. 은화를 지갑 안에 주루룩 넣으며 생각했지요. 그 시절의 쓰라림을 기억해보면 고정된 수입이 가져오는 엄청난 기질의 변화는 실로 괄목할 만한 것이라고 말입니다. 세상의 어떤 강제력으로도 나에게서 내 오백 파운드를 빼앗아갈 수는 없지요. 음식과 집과 옷은 이제 영원히 내 것이지요. 따라서 단지 노고와 노동뿐만 아니라 증오와 신랄함도 그치게 됩니다. 나는 어떤 남자도 미워하지 않습니다. 그가 나를 해칠 수 없으니까요. 나는 어떤 남자에게도 아첨을 떨 필요가 없습니다. 그가 나에게 줄 것이 아무것도 없으니까요. 그래서 나 자신이 인류의 절반에 대해 새로운 태도를 취하고 있다는 것을 미세하게나마 알게 되었습니다. 어떤 계층이나 어떤 성을 전체적으로 싸잡아 비난하는 것은 터무니없는 일이지요. 상당수의 사람들은 자신이 하는 일에 대해 책임을 지지 않습니다. 그들은 스스로 통제할 수 없는 본능에 휘몰려서 살지요. 그들 또한, 즉 그 가장들, 그 교수님들 또한 맞서 싸워야 할 끝없는 어려움과 가공할 단점을 가지고 있었습니다. 내가 받은 교육만큼이나 그들이 받은 교육도 어떤 면에서는 잘못투성이였지요. 그것은 그들 안에다 심각한 결점들을 마찬가지로 번식시켜놓았지요. 그들이 돈과 권력을 가지고 있었다는 것은 사실입니다. 그러나 그것은 끊임없이 간을 찢어발기고 폐를 잡아 뜯는 탐욕스런 독수리 한 마리를—즉, 그들로 하여금 계속 다른 사람들의 전답과 재산을 원하게 하고, 개척지와 깃발, 전함과 독가스를 만들게 하며, 스스로의 목숨과 자식들의 목숨을 헌납하라고 몰아대는 소유에의 본능과 획득에의 열망을—그들의 가슴 안에 묵게 하는 대가를 치르고서이지요. 저 해군 본부 아치 길이나 (나는 그 기념비에 다다랐지요) 어떤 길이든 전승 트로피와 대포에 자리를 내준 가로수 길을 죽 걸어보십시오. 그리고 거기에서 찬양되고 있는 영광의 종류에 대해 숙고해보십시오. 혹은, 연 오백 파운드의 돈이면 한 사람을 햇볕 속에 살아 있도록 유지하여준다고 하는 엄연한 사실에도 불구하고 증권 중개인과 대단한 법정 변호사들이 돈을, 더 많은 돈을, 더 많은 돈을 벌기 위하여 실내로 들어가는 것을 봄볕 속에서 지켜보십시오. 이런 것들은 속에 품고 있기에는 불쾌한 본능들이라고 나는 생각하였습니다. 그것들은 어떤 삶의 조건과 문명의 결핍에서 생겨난 것이라고, 캠브리지 공작의 동상을, 특히 그의 챙이 젖혀진 삼각 모자 위의 깃털을, 그것들이 일찍이 거의 받아보지 못했을 고정된 시선으로 응시하면서 생각하였습니다. 내가 이러한 결함들을 실감하게 되자 두려움과 신랄함은 점점 연민과 아량으로 수정되어 갔습니다. 그러자 일 년 혹은 이 년 내에 연민과 아량도 지나가고 모든 해방 중에 가장 위대한 해방, 즉 사물을 그 자체로 생각하는 자유가 다가왔습니다. 예를 들어 저 건물을 나는 좋아하는가 아닌가? 저 그림은 아름다운가 아닌가? 내 의견으로는 저것이 좋은 책인가 나쁜 책인가? 사실상 내 숙모님의 유산은 나에게 하늘의 베일을 벗겨 드러내주었고 밀턴이 나에게 영원히 흠모하도록 추천한 크고 위압적인 신사의 모습 대신 훤히 트인 하늘의 전망을 선사하였지요.

이렇게 생각하면서, 아니 이렇게 심사숙고하면서 나는 강가에 있는 나의 집으로 돌아갔습니다. 램프가 켜지고 있었고 아침 시간 이후 묘사할 수 없는 변화가 런던 위를 덮고 있었습니다. 그것은 마치 위대한 기계가 하루종일 노동을 하고 난 후 우리의 도움을 받아 몇 야드의 매우 흥미롭고 아름다운 것을 — 붉은 눈을 번뜩이며 불같이 타오르는 직물을, 뜨거운 숨을 내쉬며 포효하는 황갈색 괴물을 — 만들어내는 것 같았습니다. 심지어 바람조차 집들에 철썩 부딪히고 게시판을 덜그럭거리게 하면서 깃발처럼 내뻗으며 흔들렸습니다.

그러나 나의 작은 거리에는 길들여진 가정적 분위기가 만연했습니다. 집 페인트공은 사다리에서 내려오고 있었고, 아이 보는 여자는 조심스럽게 유모차를 끌고 밀고 하면서 오후 다과회가 있는 아이 방으로 돌아가고 있었지요. 석탄을 운반하는 임부들은 빈 푸대들을 차곡차곡 접어 쌓고 있었고 채소 가게를 경영하는 여자는 손가락 없는 빨간 장갑을 끼고 그날의 수입을 셈하고 있었습니다. 그런데 나는 여러분이 내 어깨 위에 얹어놓은 그 문제에 너무나 몰두하고 있었는지라 이러한 일상의 광경들을 하나의 중심에로 돌려놓지 않고는 바라볼 수가 없었습니다. 이러한 직업 중에 어떤 것이 더 고매하고 더 필수적인가를 말한다는 것은 한 세기 전에도 틀림없이 어려웠겠지만 지금은 그때보다 훨씬 더 어렵다고 나는 생각하였습니다. 석탄 운반 인부가 되는 것이 나은가, 아니면 아이 보는 여자가 되는 것이 더 나은가? 여덟 명의 아이를 기른 유모는 십만 파운드를 번 법정 변호사보다 세상에 덜 가치로운가? 이러한 질문들을 한다는 것은, 그 누구도 대답할 수 없는 것이므로 쓸데없는 일이지요. 유모와 변호사의 비교 가치는 십 년 상관으로 오르내릴 뿐만 아니라, 우리는 그 가치를 이 순간 있는 그대로 측정할 수 있는 가늠자조차 가지고 있지 않으니까요. 나는 그 교수님에게 여성에 대한 자신의 논의에서 이것 저것에 대한 논박할 수 없는 증거를 제공해달라고 요구할 정도로 어리석었습니다. 만일 어떤 사람이 지금 이 순간에 어떤 재능의 가치를 말할 수 있다고 하더라도 그 가치들은 변할 것이며, 한 세기가 지나면 완전히 변해 있으리라는 것도 가능한 일이지요. 현관 계단에 다다르며 나는 생각하였지요, 더욱이 백 년 후에는, 여성은 보호받는 성이기를 그만둘 것이라고 말입니다. 논리적으로, 그들은 한때 그들에게 거부되었던 모든 활동과 능력 발휘에 참여할 것입니다. 아이 보는 여자는 석탄을 들어 올리고 가게 주인 여자는 기관차를 운전할 것입니다. 여성들이 보호받는 성이었을 때에 관찰된 사실들 위에 기초한 모든 가정들은 사라지게 되리라는 것이지요. 예를 들어 (여기 군인들 한 부대가 거리를 따라 행군해갔습니다) 여자와 성직자와 정원사들이 다른 사람들보다 더 오래 산다고 하는 가정 같은 것 말이지요. 그 보호막을 거두고 여성들을 똑같은 능력 발휘와 활동에 접하게 하고 그들을 군인, 선원, 기관사, 부두 하역자로 만들어보십시오. 그러면 사람들이 "나 비행기 한 대 보았다"라고 말하곤 했듯이 "나는 오늘 여자 한 명 보았다"라고 말할 정도로 여자들이 남자들보다 더 젊은 나이에 더 빨리 죽어가게 되지 않을까요? 여성이라는 것이 보호받는 직업이기를 그만두면 무슨 일이든 일어날 수 있으리라고, 현관문을 열며 나는 생각하였지요. 그러나 이 모든 것이 여성과 픽션이라는 내 강연의 주제와 무슨 관계가 있는가? 하고 안으로 들어가며 물었습니다.

제3장

저녁이 되었어도 무언가 중요한 진술이나 믿을 만한 사실을 가지고 돌아오지 못한 것이 실망스러웠습니다. 여성들은 남자들보다 이런저런 이유로 더 가난하지요. 아마 이제는 진실을 추구하는 일과 용암처럼 뜨겁고 설거지물처럼 퇴색한 여러 의견을 눈사태처럼 머리 위로 뒤집어쓰는 일은 포기하는 게 더 나을 것 같습니다. 커튼을 내려 산만한 마음을 내쫓고 램프를 켜고 질문을 좁힌 후에, 자신의 견해가 아니라 사실을 기록하는 역사가에게 전 세기에 걸쳐서가 아니라 영국에서, 이를테면 엘리자베스 시대에, 여성들이 어떤 여건에서 살았는가를 물어보는 것이 더 나을 것이라는 말입니다.

왜냐하면 남성이라면 누구나 노래와 소네트를 지을 능력이 있어 보이던 그 시대에 왜 여성은 그 누구도 탁월한 문학작품의 단어 하나 쓰지 못했는가 하는 것은 영원한 수수께끼니까요. 그래서 나는 당시의 여성들이 살았던 상황은 어떤 것이었을까 하고 자문해보았습니다. 픽션은 상상력에 의한 작업이긴 하지만 과학이 아마 그렇듯이 조약돌처럼 땅 위에 떨어져 있는 것이 아닙니다. 픽션은 거미집 같아서 어쩌면 대단히 가볍게, 그러나 여전히 네 귀퉁이가 모두 삶에 부착되어 있지요. 종종 그렇게 부착되어 있다는 것이 거의 감지되지 않는데, 예를 들어 셰익스피어의 희곡은 홀로 완벽하게 매달려 있는 듯이 보이지요. 그러나 거미집을 비스듬히 잡아당기고 가장자리에 갈고리를 걸어 끌어올리고 가운데 부분을 찢어보면, 이 거미집들은 실체 없는 피조물들이 공중에다 친 것이 아니라 고뇌하는 인간들의 작품이며 건강과 돈과 우리가 살고 있는 집과 같이 지극히 물질적이고 구체적인 것에 부착되어 있다는 것을 알게 됩니다.

따라서 나는 역사책이 있는 책꽂이로 가서 신간 중의 하나인 트리벨리언 교수의 『영국사』를 뽑아 들었습니다. 이 책에서 나는 다시 한 번 '여성'을 찾아보고, '여성의 지위'를 발견하고는 지시된 페이지를 펼쳤습니다. "아내 구타는"이라고 시작되는 구절을 읽어 내려갔습니다. "남성의 공인된 권리이며 하류층과 마찬가지로 상류층 사람들에 의해서도 헤아릴 수 없을 만큼 많이 자행되었다. ……이와 유사하게," 그 역사가는 계속하였지요. "부모가 선택한 남자와 결혼하기를 거부하는 딸을 방에 가두고 구타하며 방바닥에 내동댕이친다 해도 여론에 어떠한 충격도 주지 않았다. 결혼은 개인의 애정 문제가 아니라, 특히 '기사적' 상류 계층에서는 가족적 탐욕의 사건이었다. ……약혼은 종종 당사자들 중 한쪽이나 양쪽 모두가 요람에 있을 때 이루어지고, 결혼은 그들이 유모의 보호를 채 벗어나기도 전에 성사되었다." 이 시기는 초서 시대 직후인 1470년경의 모습이었습니다. 여성의 지위에 대한 다음의 언급은 약 이백 년 후인 스튜어트왕조 시대에 있더군요. "상류, 중류층의 여성은 여전히 자신이 남편을 선택할 수 없었으며, 남편이 정해지면 적어도 법과 관습이 허락하는 한 그는 그녀의 영주이며 주인이었다. 그러나 그렇다고 해서," 트리벨리언 교수는 다음과 같이 결론을 내립니다. "셰익스피어 작품 속의 여성들이나 버니와 허친슨과 같이 믿을 만한 17세기 회고록 속의 여성들은 그 누구나 인격과 성격에서 결핍되어 있지는 않은 것 같다." 우리가 잘 고려해보면 확실히 클레오파트라는 마음대로 자기 자신의 길을 갔음에 틀림이 없고, 맥베스 부인도 자기 자신의 의지를 가졌다고 가정할 수 있으며, 로잘린드는 매혹적인 소녀였다고 결론지을 수 있습니다. 트리벨리언 교수가 셰익스피어의 여인들은 인격과 성격에서 부족한 점이 없어 보인다고 언급할 때 그는 오로지 진실을 이야기하고 있는 것이지요. 역사가가 아니므로 우리는 훨씬 더 나아가서 여성들은 역사의 시작 이래 모든 시인의 모든 작품에서 횃불처럼 타올랐다고 말할 수 있을지도 모릅니다. 극작가의 작품에는 클리템네스트라, 안티고네, 클레오파트라, 맥베스 부인, 페드르, 크레시다, 로잘린드, 데스데모나, 몰피 공작부인이 있고, 산문 작가의 작품에는 밀러먼트, 클라리사, 베키 샤프, 안나 카레니나, 에마 보바리, 게르망트 부인이 있으니까요. 이러한 이름들이 연이어 머릿속에 떠오르는데 그 이름들이 "인격과 성격에서 결핍되어 있는" 여성을 상기시키지는 않습니다. 과연 여성은 남자에 의해 쓰인 픽션 이외에서는 존재하지 않았다고 한다면 그녀들이 최고로 중요한 사람이라고 상상하게 될 겁니다. 즉, 매우 다양하며, 영웅적이고도 비열하고, 화려하면서도 지저분하고, 무한히 아름다우면서도 극단적으로 가증스럽고, 남성만큼 위대하기도 하고 어떤 이들이 생각하듯 남성보다 더 위대하다고도 상상할 것입니다.[1] 그러나 이것은 어디까지나

---

1   "여성을 시녀 또는 고된 일이나 하는 사람으로 여기는 거의 동양적 억압 속에 여성을 가두어두었던 아테네 시에서, 연극 무대는 클리템네스트라와 카산드라, 아토사와 안티고네, 페드르와 메디아, 그리고 '여성혐오자'인 에우리피데스의 희곡 작품 하나하나를 지배하고 있는 그 밖의

픽션 속의 여성입니다. 실제로는 트리벨리언 교수가 지적하듯이 그녀는 방에 갇혀서 매맞고 방바닥에 내동댕이쳐졌지요.

그리하여 하나의 매우 기이한 합성체가 나타나게 되지요. 즉, 상상 속에서는 여성이 대단히 중요하나 실제로는 완전히 무가치하다는 말입니다. 시에서는 그녀가 표지에서 표지까지 스며들어 있고, 역사에서는 거의 부재중이라는 말입니다. 픽션 속에서 그녀는 왕과 정복자들의 삶을 지배하고, 사실에 있어서는 그녀의 손가락에 억지로 반지를 끼워주는 부모의 아들에게 속한 노예였지요. 문학작품에서는 가장 영감을 받은 말과 가장 심오한 생각이 그녀의 입에서 나오고, 실생활에서의 그녀는 거의 읽을 줄도 철자법도 모르며 단지 그녀의 남편이 소유한 재산이었던 거지요.

그것은 두말할 나위 없이 우리가 처음에 역사가의 책을 읽고 나중에 시인들의 작품을 읽고 나서 지어내게 된 이상한 괴물이었습니다. 즉, 독수리처럼 날개가 달린 지렁이, 부엌에서 양기름을 잘게 토막 치고 있는 생명과 아름다움의 요정이라는 괴물이지요. 그러나 이러한 괴물들은 상상력에서는 아무리 재미있다고 하더라도 사실에서는 존재하지 않지요. 그녀를 소생시켜 존재하도록 하기 위해서 해야 할 일은 시적으로 그리고 산문적으

다른 모든 여주인공들을 연출해내었다는 것은 기이하고도 거의 불가해한 사실로 남아 있다. 그런데 실제 생활에서는 품위 있는 여성이라면 혼자서 거리에도 거의 나서지 않는 반면, 무대에서는 여성이 남성과 동등하거나 혹은 남성을 능가하고 있다는 그 세계의 모순에 대해 한 번도 만족스럽게 설명된 적이 없다. 현대 비극에서도 똑같은 여성 우위가 존재한다. 하여튼 셰익스피어의 작품들을(말로나 존슨의 작품은 아니더라도 웹스터의 작품은 비슷하게 해당되는데) 대충 훑어보는 것만으로도 로잘린드와 멕베스 부인에 이르기까지 어떻게 이 여성 우위와 여성 주도권이 지속적으로 나타나고 있는가를 알아낼 수가 있다. 라신에서도 마찬가지다. 그의 비극 중 여섯 작품이 여주인공의 이름을 따서 제목이 붙여졌다. 그런데 에르미온과 앙드로마크, 베레니스와 록산, 페드르와 아탈리에에 필적하여 라신의 어떤 남자 인물을 견주어볼 수 있겠는가? 입센에게서도 역시 마찬가지다. 솔베이그와 노라, 헤다와 힐다 반겔 그리고 레베카 웨스트와 어떤 남성이 겨룰 수 있겠는가?" ─ F. L. 루카스, 『비극론』 14~15쪽.(원주)

로 동시에 생각하는 것입니다. 그렇게 하여 사실과의—그녀는 마틴 부인이고 서른여섯 살이며 파란색 옷을 입고 까만 모자와 갈색 구두를 신고 있다는 사실과의—접촉을 유지하면서도, 픽션을—그녀는 하나의 그릇인바, 그 안에서는 온갖 종류의 기운과 힘이 영원히 뛰어다니고 날아다닌다는 허구를—시야에서 놓치지 않는 것이지요. 그런데 엘리자베스 시대의 여성에게 이 방법을 시도하는 순간, 설명의 한쪽 가지가 힘에 부치게 됩니다. 즉, 사실들의 부족으로 가로막히게 되지요. 우리는 그녀에 대해 구체적인 것, 완전히 진실되고 실제적인 것은 아무것도 알고 있지 못하니까요. 역사는 그녀를 거의 언급하지 않습니다. 그래서 나는 트리벨리언 교수에게 역사라는 것이 무엇을 의미하는지 알아보기 위하여 다시 그의 책으로 옮겨갔습니다. 그리고 각 장의 제목들을 보면서 역사는 다음과 같은 것을 의미한다는 것을 알아내었지요.

"장원과 공동 경작의 농업 방식…… 시토 수도회의 수사들과 목양업…… 십자군…… 대학…… 하원…… 백년전쟁…… 장미전쟁…… 르네상스 학자들…… 군주제의 해체…… 농지와 종교 투쟁…… 영국 해군력의 기원…… 함대……" 등등이지요. 가끔 엘리자베스나 메리 같은 여왕이나 귀부인 등의 여성 개인이 언급되지요. 그러나 두뇌와 성품 외에는 자신의 명령에 의해 마음대로 쓸 수 있는 것이라고는 아무것도 없었던 중산층 여성들은, 종합적으로 그 역사가의 과거관을 구성해주고 있는 그 위대한 운동들 중의 어떤 것에도 결단코 참여할 수가 없었습니다. 어떤 일화집에서도 여성을 발견하지는 못할 것입니다. 오브리[2]도 그녀를 거의 언급하지 않습니다. 그녀는 자기 자신의 삶에 대해서

2 존 오브리(1626~1697), 영국의 골동품 수집가, 전기 작가.

도 결코 쓰지 않고 일기도 거의 쓰지 않았습니다. 오로지 그녀의 편지 몇 장이 존재할 뿐이지요. 그녀를 판단할 수 있는 희곡이나 시를 남겨놓지 않았습니다. 우리가 원하는 것은—뉴넘이나 거튼의 똑똑한 학생들은 왜 그것을 제공하지 않는 것일까요?—다량의 정보입니다. 즉, 여성들은 몇 살에 결혼하였는가, 대체로 그녀는 몇 명의 아이를 가졌는가, 그녀의 집은 어떠했는가, 그녀에게는 자기만의 방이 있었는가, 그녀는 요리를 하였는가, 그녀는 하인을 둘 만했는가? 이 모든 사실들은 아마도 교구 등기부와 회계 장부 어딘가에 쓰여 있을 것입니다. 엘리자베스 시대의 평균적인 여성의 전기도 어딘가에 흩어져 있는 것이 틀림없는데 그것을 모아서 책을 만들 수도 있겠지요. 그러나 그 유명한 대학의 학생들에게 역사를 다시 써야 한다고 제안한다는 것은 나의 대담함을 넘어서는 야심찬 일이라고, 거기에 있지도 않은 책을 찾는다고 책꽂이를 둘러보며 나는 생각하였습니다. 비록 내가 역사라는 것이 있는 그대로 보면 약간 기이하고, 비실제적이며 한쪽으로 기울어져 있는 것 같다고 인정하더라도 말입니다. 그런데 그들이 역사에다 부록을 달면 안 될까요?—물론 여성들이 꼴사납게 나타나지 않도록 그것을 두드러지지 않은 이름으로 부르면서 말입니다. 왜냐하면 우리는 종종 위인들의 전기에서 여성들이 날렵하게 뒷배경으로 사라지거나—내가 가끔 생각하기에—윙크와 웃음과 그리고 아마도 눈물을 감추고 있는 그들의 모습을 힐끗 보게 되니까요. 그리고 뭐라고 해도 우리는 제인 오스틴의 전기는 충분히 가지고 있으며, 에드거 앨런 포의 시에 끼친 조애너 베일리[3]의 비극의 영향을 다시 고려한다는 것은 거의 불필요해 보입니다. 나 자신으로 말하자면 나는 메리 러셀 미트퍼드의 집과 그녀가 자주

3 1762~1851, 영국의 시인, 극작가.

다니던 곳들이 최소한 한 세기 동안 대중에게 폐쇄된다 하더라도 괜찮을 것 같습니다. 그러나 내가 유감스러워하는 것은—책꽂이를 다시 둘러보며 계속 생각하였는데—18세기 이전의 여성에 대하여 아무것도 알려진 것이 없다는 것입니다. 나는 마음속에서 이리저리로 돌려볼 만한 모델이 하나도 없습니다. 여기서 나는 왜 여성들이 엘리자베스 시대에 시를 쓰지 않았는가를 묻고 있는 셈인데 어떻게 그들이 교육을 받았는지, 글 쓰는 법을 배웠는지, 거실을 독차지해보았는지, 몇 명의 여성들이 스물한 살 이전에 아이를 가졌는지, 요컨대 아침 여덟 시부터 저녁 여덟 시까지 그들이 무엇을 하였는지를 나는 확실히 알지 못합니다. 분명한 것은 그들에게는 돈이 없었다는 것이지요. 트리벨리언 교수에 의하면 그들은 육아원을 채 벗어나기도 전인 아마 열다섯이나 열여섯 살에, 자신이 좋아하든 좋아하지 않든 간에 결혼을 했지요. 이 정도로 드러난 사실들을 보더라도 그들 중 만일 누군가가 갑자기 셰익스피어의 희곡을 썼다고 한다면 그야말로 이상한 일일 것이라고 나는 결론을 내렸습니다. 그리고 지금은 돌아가신, 내 생각에 주교님이셨던 노신사 한 분이 생각났는데, 그는 과거, 현재, 미래의 어떤 여성도 셰익스피어의 천재성을 지닐 수는 없다고 선언했지요. 그는 그에 대하여 연구 논문도 썼습니다. 또한 그는 자신에게 문의를 해온 어느 부인에게 고양이는 사실상 천국에 못 간다는 말을 했습니다. 비록 고양이도 일종의 영혼을 가지고 있긴 하지만이라고 덧붙이면서 말이지요. 이런 노신사들은 우리에게 생각할 거리들을 얼마나 많이 덜어주곤 했는지요! 그들이 접근하면 우리 무식의 테두리가 얼마나 뒤로 움츠러들었는지요! 고양이는 천국에 못 간답니다. 여성은 셰익스피어의 희곡을 쓸 수 없답니다.

그렇다고 하더라도 나는 책꽂이 위의 셰익스피어 작품을 쳐다보며 그 주교님이 적어도 이 점에서는 옳았다고 생각하지 않을 수 없었습니다. 즉, 셰익스피어 시대에 어떤 여성이 셰익스피어 희곡을 쓴다는 것은 완전히 그리고 전적으로 불가능했을 것이라는 점이지요. 사실들을 손에 넣기가 어려우므로, 셰익스피어가 이를테면 주디스라고 불리는 놀랄 만한 재주를 가진 누이동생을 두었다면 무슨 일이 일어났을까를 상상해보기로 합시다. 셰익스피어 자신은 거의 틀림없이 ― 그의 어머니는 유산 상속자였으니까요 ― 고전문법 학교에 가서 라틴어 ― 즉 오비디우스, 베르길리우스, 호라티우스 ― 와 문법과 논리학의 초급 원리를 배웠을 것입니다. 잘 알려진 대로 그는 토끼를 밀렵하고 사슴을 잡던 거친 소년이었으며, 정상적인 시기보다 빨리 그에게 아이를 낳아준 이웃에 사는 여자와, 결혼 적령기보다 다소 이르게 결혼을 해야만 했지요. 그 엉뚱한 짓은 그로 하여금 런던에서 입신 출세의 길을 찾게 했지요. 그는 연극에 취미가 있었나 봅니다. 그는 무대 출입구에서 유유히 참고 기다리는 것부터 시작하였지요. 곧 그는 극장에서 일자리를 얻어 성공적인 배우가 되었으며 모든 사람을 만나고 모든 사람을 알게 되고 무대 위에서 그의 예술을 실습해보고 길거리에서 그의 재치를 연습하고 심지어 여왕의 궁전에도 출입하면서 세계의 중심 도시에서 살았습니다. 그러는 동안 비범한 재주를 가진 그의 여동생은 집에 남아 있었다고 가정해봅시다. 그녀는 오빠만큼이나 모험심이 있고 상상력이 풍부하며 세상을 알려고 열망하였습니다. 그러나 아무도 그녀를 학교에 보내주지 않았지요. 호라티우스와 베르길리우스를 읽는 것은 고사하고 문법과 논리학을 배울 기회도 없었지요. 그녀는 가끔 책 한 권을, 아마도 오빠 책 중의 하나를 집어 들고 몇 페이지를 읽었지요. 하지만 곧 부모님이 들어와 양말을 깁고 스튜 요리에 신경을 쓰라고 하며, 책과 연구 논문 따위를 붙들고 멍하니 시간을 보내지 말라고 말했지요. 부모님은 날카롭게, 그러나 친절하게 말씀하셨을 테지요. 왜냐하면 그들은 여자의 삶의 여건을 알고 있는 현실적인 사람들이었고 또한 자신들의 딸을 사랑했을 겁니다. 사실 모르긴 몰라도 그녀는 아버지의 금과옥조였을 테니까요. 그녀는 아마 몰래 사과 창고에서 몇 페이지를 휘갈겨 썼지만 조심스럽게 그것을 감추고 불태워버렸는지도 모릅니다. 그러나 그녀는 곧 그녀의 십 대가 끝나기도 전에 이웃에 사는 양털 가게의 아들과 약혼을 하기로 되어 있었지요. 결혼은 자신에게 증오스럽다고 그녀는 울부짖었고 그것 때문에 아버지에게 심하게 맞았습니다. 그러고 나서 아버지는 그녀를 꾸짖지 않았지요. 대신에 그는 딸에게 자신의 마음을 상하게 하지 말 것이며 이 결혼 문제로 자신을 수치스럽게 하지 말라고 애걸하였습니다. 그는 그녀에게 구슬 목걸이와 멋진 페티코트를 주겠노라고 말하였으며 그의 눈에는 눈물이 글썽였지요. 이런 상황에서 어떻게 그녀가 아버지의 말을 거역할 수 있었겠습니까? 어떻게 아버지를 비탄에 젖게 할 수 있었겠습니까? 그러자 자신의 재능이 지닌 어쩔 수 없는 힘이 그녀를 몰아세웠지요. 그녀는 작은 소지품 보따리를 꾸려서 어느 여름밤에 밧줄을 타고 내려와 런던으로 가는 길을 택했습니다. 그때 그녀의 나이는 열일곱도 채 안 되었지요. 울타리에서 노래하는 새들도 그녀보다 더 음악적이지는 않았습니다. 그녀는 오빠와 같은 재능, 즉 말의 음률에 대한 가장 민감한 심미안을 가지고 있었지요. 오빠처럼 그녀도 연극에 취미가 있었습니다. 그래서 그녀는 무대 출입구에 서 있었고 연기를 하고 싶다고 말하였지요. 남자들은 그녀의 면전에서 웃어댔고 뚱뚱하고 입이 가벼운 감독은 깔깔대고 웃었습니다. 그는 춤추는 푸들과 연기하는 여자에 관하여 무엇인가 고함치듯 이야기하면서 여자는 아무래도 배우가 될 수는 없다고 말하였지요. 그는 뭔가 넌지시 말하고 있었는데 여러분들은 그게 무엇인지 상상할 수가 있을 겁니다. 그녀는 자신의 재능에 대한 훈련을 받을 수 없었습니다. 선술집에서 저녁 식사를 청하거나 한밤중에 길거리를 배회하는 것조차 할 수 있었겠습니까? 그러나 그녀의 천재성은 픽션에 있었으며 남자, 여자들의 삶과 그들의 생활 방식을 연구함으로써 풍족하게 먹고살고 싶었습니다. 마침내ㅡ그녀는 매우 젊었고, 얼굴이 셰익스피어라는 그 시인과 이상하게 닮아 똑같은 회색 눈과 둥근 눈썹을 가지고 있었기 때문에ㅡ닉 그린이라는 무대 감독이 그녀에게 연민을 느꼈습니다. 그녀는 그 남자의 아이를 임신한 것을 알게 되었고, 그래서ㅡ한 여인의 육체에 갇혀 뒤엉켜 있을 때의 그 시인의 마음의 격노함과 격렬함을 누가 측정할 것인가요?ㅡ어느 겨울밤 스스로 목숨을 끊었고, 지금은 엘리펀트 앤 캐슬 공원 밖의 버스들이 정차하는 어느 교차로에 묻혔습니다.

셰익스피어 시절에 어떤 여성이 셰익스피어와 같은 재능을 가졌다면 아마도 이야기는 대충 이런 식으로 되었을 겁니다. 그러나 나로 말할 것 같으면 나는 돌아가신 주교님과ㅡ만일 그가 주교였다면 말이지요ㅡ의견을 같이하는 바이지요. 셰익스피어 시대에 어떤 여성이 셰익스피어의 천부적 재능을 가졌으리라는 것은 생각조차 할 수도 없다는 말이지요. 왜냐하면 셰익스피어와 같은 천재란 고생하고 교육도 못 받고 노예같이 사는 사람들 사이에서는 태어나지 않는 법이니까요. 영국에서는 그러한 천재가 색슨족이나 브리튼족에서 태어나지 않았으며 오늘날 노동자 계층에서도 태어나지 않습니다. 그렇다면 어떻게 여성들 사이에서 그런 천재가 태어날 수 있었겠습니까? 트리벨리언 교수에 의하면 여성들의 임무는 육아원을 거의 벗어나기도 전에 시작되었고, 그것도 부모들에 의해 강요되고 온갖 법률과 관습에 의해 고수되도록 되어 있었으니까요. 그러나 추측이긴 하지만 어떤 천재가 노동자 계급 사이에 틀림없이 존재했던 것처럼 여성들 사이에서도 반드시 존재하였을 것입니다. 심심찮게 에밀리 브론테나 로버트 번스[4] 같은 천재가 불꽃을 일으켜 그 현존을 증명하니까요. 그러나 확실히, 결코 그 천재는 자신의 생각을 종이에 옮기지는 못하였습니다. 그런데 우리는, 사람들이 피하는 마녀, 마귀에 홀린 여자, 약초를 파는 현명한 여인, 어머니가 계신 매우 훌륭한 어느 남자에 대하여 읽을 때 우리는 잃어버린 소설가나 억눌린 시인, 즉 그녀의 재능 때문에 겪는 고통에 미쳐서 황무지에다 자기 머리를 부딪쳐 부숴버리고 고속도로 주변에서 얼굴을 찡그리며 서성이는 어떤 말이 없는 무명의 제인 오스틴, 에밀리 브론테를 추적하고 있는 셈이라고 나는 생각합니다. 실제 나는 서명하지 않고 그렇게 많은 시를 쓴 익명의 작가들이 종종 여자였다고 감히 추측하고자 합니다. 그 작가는 에드워드 피츠제럴드[5]가 시사한 바 있는 여성, 즉 발라드와 민요를 지어서 자기 아이들에게 나지막이 불러주고 그것으로 즐겁게 실을 잣고 기나긴 겨울밤의 지루함을 달랬던 여성이었다고 나는 생각하지요.

이런 것은 사실일 수도 있고 아닐 수도 있습니다. ― 누가 그걸 말할 수 있겠습니까? ― 그러나 내가 꾸며낸 셰익스피어의 이야기를 다시 훑어볼 때 그 안에서 사실이라고 생각되는 점은 16세기에 커다란 재능을 갖고 태어난 여성은 누구라도 틀림없이 미

4 1759~1796, 스코틀랜드의 민족 시인. 그의 아버지는 불운한 농부였다.
5 1809~1883, 『오마르 하이얌의 루바이야트』로 유명한 영국의 작가.

치게 되어 스스로를 쏴 죽이거나, 아니면 마을 밖의 어떤 외딴 오두막집에서 절반은 마녀 절반은 마법사가 되어 두려움 속에서 조롱을 받으며 남은 날들을 마쳤을 거라는 것이지요. 자신의 시적 재능을 활용해보고자 노력했던 대단한 재능을 소유한 여성이 다른 사람들에 의해 좌절되고 방해받고 자신의 정반대의 본능에 의해 고통받고 산산이 분열되어 분명히 그녀의 건강과 제정신을 잃었으리라는 것을 확실히 아는 데에는 심리학 기술이라는 게 거의 필요가 없으니까요. 어떤 젊은 여성도 스스로에게 난폭함을 감행하지 않고서는 그리고 비합리적이면서도 — 왜냐하면 정조라는 것은 알려지지 않은 이유를 두고 한 사회가 고안해낸 하나의 물신일지도 모르기 때문이지요 — 필연적인 고통을 겪지 않고 런던까지 걸어가서 무대 출입구에서 서성이다가 배우나 감독들이 있는 곳으로 밀고 들어갈 수는 없었을 겁니다. 심지어 그 당시 정조라는 것은 지금도 그렇지만 여성의 삶에서 종교적일 정도의 중요성을 지니고 있었으며, 그 자체를 신경과 본능으로 둘러싸고 있었는지라 그것을 자유롭게 절단하여 대낮의 햇빛에 드러내려면 보기 드문 용기가 필요했겠지요. 16세기의 런던에서 자유로운 삶을 산다는 것은 시인이며 극작가인 여성에게는 그녀를 족히 죽였을지도 모르는 신경의 압박과 딜레마를 의미하였지요. 만일 살아남았다고 하더라도, 그녀가 써놓은 것은 무엇이든 간에 긴장되고 병적인 상상력에서 나왔으므로 비틀리고 기형이었을 것입니다. 그리고 의심할 바 없이 그녀의 작품은 서명되지 않았을 것이라고, 여성이 쓴 희곡이라고는 하나도 없는 책꽂이를 바라보며 나는 생각하였습니다. 그런 (익명이라는) 도피처를 그녀는 반드시 찾았을 테니까요. 19세기와 같은 최근까지 여성들에게 익명을 명령한 것은 정조 관념의 잔재이지요. 커러 벨[6], 조지 엘리엇, 조르주 상드 등 이들의 작품이 증명하듯 이 모든 내적 투쟁의 희생자들은 남자의 이름을 사용함으로써 자신을 감추려고 쓸데없이 애를 썼지요. 이리하여 그들은 남성들에 의해 주입되지는 않았더라도 아낌없이 장려된 (가장 많이 사람들의 입에 오르내렸던 페리클레스[7]는 여성으로서 최고의 영광은 사람들의 입에 오르내리지 않는 것이라고 그 자신이 말하였지요) 관습, 즉 여성들에게 널리 알려진다는 것, 곧 명성은 혐오스러운 것이라는 관습에 경의를 표했던 것이지요. 익명성은 여성의 핏속에 흐르고 있고, 베일에 싸여 있고 싶은 욕망은 여전히 그들을 사로잡고 있습니다. 그들은 지금까지도 자신들의 명성이 널리 알려지는 것에 대해 남자들같이 관심을 갖고 있지 않으며, 따라서 일반적으로 그들은 묘비나 길 안내판에 자신의 이름을 새겨 넣고 싶은 억제할 수 없는 욕망을 느끼지 않습니다. 앨프, 버트, 체스 같은 남자들은 멋진 여자나 아니면 개 한 마리라도 지나가는 것을 보면 "저 개는 내 거야"라고 중얼대는 자신들의 본능에 순종하여 틀림없이 그런 욕망을 느꼈을 것입니다. 그리고 물론 그것은 단순히 개 한 마리가 아닐는지도 모른다고, 의사당 광장과 지게스 알레와 다른 거리들을 떠올리며 나는 생각하였습니다. 그것이 땅 한 조각이나 까만 곱슬머리의 남자일 수도 있다는 말입니다. 매우 멋있는 흑인 여성을 보고 그녀를 영국 여자로 만들고 싶다고 느끼지 않고 그냥 지나칠 수 있는 것은 여성만이 가진 커다란 이점 중의 하나지요.

그렇다면 시적 재능을 갖고 16세기에 태어난 여성은 자기 자

---

6 샬럿 브론테의 필명.
7 B.C. 495?~429, 그리스 아테네의 정치가.

신과 싸워야 하는 불행한 여자였겠지요. 그녀의 모든 삶의 여건과 모든 본능이, 머릿속에 들어 있는 것을 모두 풀어놓는 데에 필요한 마음 상태에 대해 적대적이었으니까요. 그런데 창조 행위에 가장 좋은 마음 상태는 어떤 것일까요? 그 기묘한 행위를 촉진하고 가능하게 하는 마음 상태에 대해 어떠한 개념이라도 얻을 수 있을까요? 여기서 나는 셰익스피어의 비극이 들어 있는 책 한 권을 펴 보았습니다. 예를 들어 셰익스피어가 『리어왕』과 『안토니와 클레오파트라』를 썼을 때 그의 마음 상태는 어떠한 것이었을까요? 그것은 확실히 지금까지 존재해온 것 중 시 쓰기에 가장 알맞은 마음 상태였습니다. 그러나 셰익스피어 자신은 그것에 대하여 아무것도 말하지 않았습니다. 우리는 어쩌다가 우연히 그가 "결코 한 줄도 더럽히지 않았다"는 것을 알고 있을 뿐입니다. 사실상—아마 18세기 정도까지는—예술가 스스로는 자신의 마음 상태에 대하여 아무것도 말하지 않았지요. 아마 루소가 말하기 시작했을 겁니다. 아무튼 19세기가 되어서야 자의식이 매우 발달하여 문필가들이 고백록이나 자서전에서 자신의 마음 상태를 묘사하는 것이 관습이 되었지요. 또한 그들의 전기가 쓰였고 사후에 편지들이 인쇄되어 나왔지요. 그리하여 우리는 셰익스피어가 『리어왕』을 쓸 때 무엇을 경험하였는지는 알지 못한다 하더라도, 칼라일[8]이 『프랑스혁명』을 쓸 때 무엇을 겪었고, 플로베르[9]가 『보바리 부인』을 쓸 때 무엇을 경험했으며, 키츠[10]가 다가오는 죽음과 세상의 무관심에 대항하여 시를 쓰고자 노력했을 때 무엇을 경험하였는지를 알고 있습니다.

8 토마스 칼라일(1795~1881), 영국의 역사가, 수필가.
9 귀스타브 플로베르(1821~1880), 프랑스 사실주의 소설의 창시자.
10 존 키츠(1795~1821), 영국 낭만주의 서정시인.

그리고 우리는 현대의 방대한 고백록과 자기 분석적 문학으로 부터, 천재적 작품을 쓴다는 것은 거의 항상 엄청난 어려움의 공적이라는 사실을 추측하게 됩니다. 모든 것이, 작품이 작가의 마음으로부터 완전하고 온전하게 생겨나올 가능성에 대해 적대적이지요. 일반적으로 물질적 여건이 그 가능성을 거스르지요. 개들이 짖을 것이며 사람들이 중간에 가로막고 돈은 벌어야 하고 건강이 쇠약해지지요. 더 나아가 이 모든 어려움을 두드러지게 하고 더욱 참기 어렵게 만드는 것은 세상의 악명 높은 무관심입니다. 세상은 사람들에게 시와 소설과 역사를 써달라고 요청하지 않으며 그것을 필요로 하지도 않습니다. 세상은 플로베르가 적확한 말을 찾는지, 칼라일이 이런저런 사실을 세심하게 검증하는지 상관하지 않습니다. 당연히 세상은 자신들이 원하지 않는 것에 대해서는 보상을 하려 하지 않습니다. 그래서 키츠, 플로베르, 칼라일과 같은 작가는 특히 창의적인 젊은 시절에 온갖 형태의 고뇌와 낙담을 경험하지요. 그런 분석과 고백의 책들에서 저주와 고뇌의 울부짖음이 울려 나오지요. "비참하게 죽어 있는 위대한 시인들" ─ 이것이 그들 노래의 반복된 구절입니다. 이 모든 것에도 불구하고 무엇인가가 마무리되어 나온다면 그것은 기적이며, 아마 어떤 책도 그것이 착상되었을 때처럼 그렇게 온전하게, 불구가 되지 않고 태어나지는 않는 것 같습니다.

그런데 여성들에게는 (나는 텅 빈 책 선반을 바라보며 생각했지요) 이러한 어려움들이 무한히 가중됩니다. 우선 조용한 방이나 방음이 된 방은 그만두고라도 자신의 방을 갖는다는 것은 그녀의 부모가 예외적으로 부자이거나 높은 귀족이 아니라면 19세기 초까지만 해도 불가능한 일이었지요. 그녀 아버지의 호의에 달려 있던 용돈은 옷을 입고 지낼 정도로나 충분한 것이었으며,

따라서 그녀는 심지어 키츠, 테니슨, 혹은 칼라일 같은 모든 가난한 남자들에게까지도 허용된 여러 완화책으로부터, 즉 도보 여행, 프랑스로의 짧은 여행, 비록 초라하기 이를 데 없지만 그들을 가족들의 요구와 압제로부터 보호해준 따로 떨어진 숙소 등으로부터 제외되었지요. 이러한 물질적인 어려움이 얕잡아볼 수 있는 것은 아니었습니다만, 훨씬 더 가혹한 것은 비물질적인 무형의 것이었습니다. 키츠와 플로베르 그리고 다른 천재적인 남자들이 그렇게 견디기 힘들어했던 세상의 무관심은 그녀의 경우에는 무관심이 아니라 적대감이었습니다. 세상은 남자들에게 하는 식으로, 즉 "당신이 원한다면 쓰십시오. 나에게는 아무 차이가 없으니까"라고 그녀에게 말하지 않았지요. 세상은 너털웃음과 함께 "뭘 쓴다고? 당신이 글을 쓰는 게 무슨 소용이 있소?"라고 말하였지요. 여기서 뉴넘과 거튼의 심리학자들이 우리에게 도움이 될는지도 모른다고, 다시 책꽂이 위의 빈 공간을 보며 생각하였습니다. 왜냐하면 어떤 낙농 회사가 보통 우유와 일 등급 우유가 쥐의 몸에 미치는 효과를 측정하는 것을 본 적이 있는데, 확실히 이제는 실망, 낙담이 예술가의 마음에 미치는 영향을 측정해보아야할 때가 되었기 때문이지요. 그들은 두 마리 쥐를 두 개의 우리에 넣어 나란히 놓았는데, 둘 중에 한 마리는 수상쩍고 소심하며 왜소하고 다른 한 마리는 윤이 나고 대담하고 몸집이 컸습니다. 지금 우리는 예술가인 여성들에게 어떤 먹이를 주고 있는가 하고, 그 마른 자두와 커스터드가 나온 저녁 식사를 기억하면서 나는 물었습니다. 그 질문에 대답하기 위해서는 나는 석간신문을 펴들기만 해도 되었고 그러고는 버컨헤드 경의 견해를 읽기만 하면 되었지요. 그러나 여성의 글쓰기에 대한 버컨헤드 경의 견해를 베끼는 수고는 하지 않으려고 합니다. 잉거 학장이 하는 말도 조용히 놔두겠습니다. 할리 거리 전문가의 큰 고함 소리가 할리 가에 온통 울려 퍼지게 되더라도 내 머리칼은 한 올도 일으켜 세우지 못할 것입니다. 그러나 오스카 브라우닝 씨의 말은 인용하겠습니다. 왜냐하면 오스카 브라우닝 씨는 한때 케임브리지에서 대단한 인물이었고 거튼과 뉴넘에서 학생들에게 시험을 치르게 하고는 했으니까요. 오스카 브라우닝 씨는 곧잘 "일련의 시험 답안지를 검토한 후 내 마음에 남는 인상은 내가 주는 점수와는 관계없이, 최상급의 여성이라도 지적인 면에서 최하급의 남자보다 열등하다는 것이다"라고 선언하고는 했지요. 그렇게 말하고 나서 브라우닝 씨는 자기 방으로 돌아갔는데 — 그에게 애정을 느끼게 하고 그를 어떤 장대하고 위엄 있는 인물로 만들어주는 것이 바로 이 후속편이지요 — 그는 자기 방으로 돌아가서 마부 소년 하나가 소파에 누워 있는 것을 발견하였지요. "단지 해골처럼 그의 뺨은 움푹 들어가고 창백했으며, 그의 이는 시커멓고, 사지를 충분히 움직일 만한 능력이 없어 보였다…… '저건 아서 녀석이군.' (브라우닝 씨는 말했지요) '그는 정말 사랑스럽고, 아주 고매한 정신을 가지고 있지.'" 이 두 그림이 내게는 서로서로를 채워주고 있는 듯이 보입니다. 이러한 전기가 일반화된 시대에 다행히도 이 두 그림이 종종 서로를 채워주기 때문에 우리는 위대한 사람들의 견해를 그들이 무엇을 말하는가에 의해서뿐만 아니라 그들이 무엇을 행하는가에 의해서도 해석할 수 있게 되었지요.

그러나 비록 오늘날 이러한 일이 가능하다 하더라도, 영향력 있는 사람들의 입에서 나오는 그런 의견들은 오십 년 전만 해도 매우 위협적인 것이었음에 틀림없습니다. 어떤 아버지가 고귀한 동기에서 자기 딸이 집을 떠나 작가나 화가나 혹은 학자가 되는 것을 원하지 않았다고 가정해봅시다. "오스카 브라우닝 씨가 말하

는 것을 보아라" 하고 그 아버지는 말했을 겁니다. 오스카 브라우
닝 씨만 있었던 것이 아니고 『새터데이 리뷰』도 있었고 그레그 씨
도 있었지요―그는 "여성이라는 존재의 본질적 요소는 그들이
남자에 의해 부양되고 남자를 섬기는 데에 있다"라고 힘주어 말
하였지요. 또한 여성에게서는 지적으로 기대할 것이 아무것도 없
다, 라고 하는 취지의 남성들의 견해가 산더미처럼 쌓여 있었지
요. 자신의 아버지가 이런 의견들을 크게 읽어주지 않았다 하더
라도 젊은 여성은 누구라도 스스로 그것들을 읽을 수 있었고, 그
리고 심지어 19세기에도 그런 것을 읽는다는 것은 그녀의 활력
을 저하시키고 그녀의 작업에 심각한 영향을 주었음에 틀림없지
요. 거기에는 언제나 "당신은 이것을 할 수 없소. 당신은 저것을
할 능력이 없소"라고 하는, 맞서 저항해야 하고 극복해야 하는 주
장이 늘 있어왔습니다. 어쩌면 소설가에게는 이런 병균이 더 이
상 효력이 없을는지도 모릅니다. 왜냐하면 공적을 남긴 여성 소
설가들이 존재해왔으니까요. 그러나 화가에게 있어 그 병균은 여
전히 그 안에 독침을 지니고 있고, 내가 상상하건대 음악가에게
는 지금도 활발히 활동 중이어서 극도로 유해하지요. 여성 작곡
가는 셰익스피어 시대에 여배우가 섰던 위치에 지금 서 있는 격
입니다. 내가 셰익스피어의 누이동생에 대해 지어낸 이야기를 생
각해보면, 닉 그린은 여자가 연기를 하는 것이 개가 춤추는 것을
연상시킨다고 말했지요. 이백 년 후에 존슨은 이 구절을 여성의
설교에 대하여 되풀이하고 있습니다. 그리고 서기 1928년인 지
금(나는 음악에 관한 책을 하나 펴 보면서 말했지요)도 우리는 작
곡을 해보려고 노력하는 여성들에 대하여 바로 그 말을 다시 쓰
고 있지요. "제르맹 타유페르 양에 대하여는 존슨 박사의 여성 설
교가에 관한 금언을 음악 용어로 바꾸어 반복할 수밖에 없지. '이

봐, 여성이 작곡을 한다는 것은 개가 뒷다리로 걷는 것과 같아 잘 되지는 않았지만 그런 일이 어쨌든 이루어지는 것을 보면 놀라운 일이야.'[11] 그렇게 정확하게 역사는 되풀이되고 있습니다.

오스카 브라우닝 씨의 전기를 덮고 나머지 책들도 밀쳐놓으면서 나는 결론을 내렸습니다. 이리하여 19세기에조차 여성은 예술가가 되도록 격려를 받지 못했다는 것이 매우 분명하다고 말입니다. 그 반대로 여성은 무시되고 모욕당하고 훈계와 권고를 받았습니다. 그녀의 마음은 이것에 대항하고 저것에 반증을 들어야 할 필요 때문에 긴장되었고 그녀의 활력은 저하되었음에 틀림없지요. 여기에서 다시 우리는 여성운동에 그렇게 커다란 영향을 미친 아주 흥미로우면서도 모호한 남성의 복합 심리 안으로 들어가게 됩니다. 여성이 열등하다기보다는 남성이 우월하기를 바라는 그 깊숙이 자리 잡은 욕망은 남성이 눈 돌리는 곳은 어디든 간에, 예술뿐만 아니라 정치 참여의 길을 막는 데에도 그를 데려다 놓지요. 심지어 자신에 대한 위험 부담이 지극히 적고 탄원자가 겸허하고 헌신적일 때에도 말입니다. 내가 기억하기로는 베스버러 부인조차 정치에 대한 그녀의 모든 열정을 갖고서도 그랜빌 레버슨-가워 경에게 겸손하게 절을 하고 다음과 같은 편지를 써야만 했습니다. "정치에 대한 나의 모든 열렬한 관심과 그 주제에 관한 수많은 토론에도 불구하고, 나는 어떤 여성도 그녀의 의견을 제시하는 것 (부탁을 받는다면) 이상으로 정치나 그밖의 심각한 일들에 간섭할 자격이 없다는 귀하의 의견에 완전히 동의합니다." 그리하여 그녀는 자신의 열정을, 그 엄청나게 중요한 주제에 관한 어떠한 장애물과도 만나지 않을 곳에다, 즉 그랜빌 경의 하원에서의 처녀 연설에다 쓰게 되지요. 그 광경은 확

11 『현대 음악의 개관』, 세실 그레이, 246쪽.(원주)

실히 이상스러운 것이라고 나는 생각하였습니다. 여성해방에 대한 남성의 반대의 역사는 해방 자체의 이야기보다 아마 더 재미있을 겁니다. 만약 거튼이나 뉴넘의 젊은 학생이 사례를 수집하여 어떤 이론을 추론해낸다면 흥미로운 책 하나가 만들어지겠지요. 그런데 그 여학생은 손에 낄 두꺼운 장갑과 순금 덩어리를 보호해줄 막대기들이 필요할 것입니다.

베스버러 부인의 책을 덮으며 나는 회상하였습니다. 지금은 그저 재미있다고 하는 것이 한때는 몹시도 진지하게 받아들여져야만 했다는 것이지요. 지금은 '꼬끼오'라는 종이 딱지를 풀로 붙인 책 안에 선별된 청중에게 여름밤에 읽어주려고 간직해둔 견해들이 한때는 눈물을 자아냈다는 것을 나는 확언하는 바입니다. 여러분의 할머니와 증조할머니 가운데에는 눈이 빠지도록 울었던 분들이 많았습니다. 플로렌스 나이팅게일도 고뇌에 차서 크게 비명을 질렀지요.[12] 더욱이 대학에 들어오고 자기만의 방을 ─ 아니 그것은 단지 침실 겸 거실인가요? ─ 향유하는 여러분이, 천재는 그러한 의견을 무시해야만 하고 천재는 사람들이 자신에 대해 말하는 것을 상관하지 말아야 한다고 이야기하는 것은 타당한 일이지요. 불행히도 자신들에 대해 이야기하는 것에 가장 많이 신경을 쓰는 이들이 다름 아닌 천재적인 남자, 여자들이지요. 키츠를 기억해보십시오. 그가 자신의 묘비에 새겨놓은 말들을 기억해보십시오. 테니슨을 생각해보고 또 ─ 그러나 여기서 사람들이 자신에 대해 말하는 것에 대해 지나치게 신경을 쓰는 것이 예술가의 본성이라고 하는, 매우 안됐지만 부정할 수 없는 사실의 실례들을 덧붙일 필요는 거의 없겠지요. 문학은 다른 이들의 여론에 제정신 이

---

12 R. 스트레이치의 『원인*The cause*』에 수록된 플로렌스 나이팅게일의 『카산드라』를 참조할 것.(원주)

상으로 신경 쓴 사람들의 부서진 파편으로 뒤덮여 있으니까요.

그리고 어떤 마음이 창조적인 작업에 가장 알맞은가, 하는 나의 원래의 질문으로 다시 돌아가보니 예술가들의 이러한 감수성은 이중으로 불행하다고 생각되더군요. 왜냐하면 『안토니와 클레오파트라』가 펼쳐져 있는 책을 보며 추측하건대, 예술가의 마음이란 자신 안에 내재하는 작품을 완전하고 온전하게 풀어놓고자 하는 엄청난 노력을 달성하기 위해서 셰익스피어의 마음처럼 백열광을 내야 하기 때문이지요. 그 마음에는 어떤 장애물도 있어서는 안 되며 어떤 이물질도 다 타서 소멸되지 않으면 안 되지요.

우리가 비록 셰익스피어에 대해 아무것도 알지 못한다고 말하고 있지만 그렇게 말하는 순간에도 우리는 셰익스피어의 마음 상태에 대해 무엇인가를 이야기하고 있는 셈입니다. 던이나 벤 존슨, 혹은 밀턴과 비교하여 우리가 셰익스피어에 대해 아는 바가 그렇게 없는 이유는, 아마도 그의 원한이나 악의 그리고 반감이 우리에게 감추어져 있기 때문인지도 모릅니다. 우리는 그 작가를 상기시켜줄 어떤 '드러남'에 의해 가로막혀 있지 않으니까요. 항의하고, 설교하고, 해를 입히겠다 선포하고, 원한을 갚고, 세상을 역경과 불만의 증인으로 만들려고 하는 모든 욕구가 그에게서는 불살라져 소진되었지요. 그러므로 그의 시는 자유롭게 방해받지 않고 그로부터 흘러나옵니다. 일찍이 어떤 인간 존재가 자신의 작품을 완벽하게 표현해내었다고 한다면 그것은 셰익스피어일 것입니다. 다시 책장 쪽으로 발을 옮기며 나는 생각하였지요. 일찍이 어떤 마음이 백열광으로 타오르고 걸림이 없었다면 그것은 셰익스피어의 마음이었지요.

제4장

16세기에 그러한 마음 상태를 지닌 여성을 발견하리라는 것은 명백히 불가능하였지요. 어떤 여성도 그 당시에 시를 쓸 수 없었으리라는 것을 깨닫기 위해서는, 자식들이 모두 손을 꼭 쥐고 무릎을 꿇고 앉아 있는 엘리자베스 시대의 묘비와 여성들이 젊은 나이에 죽었다는 것을 생각해보거나 어둡고 답답한 방들이 있는 그들의 집을 상상해보기만 하면 되지요. 발견할 수 있으리라 기대해볼 만한 것은, 훨씬 훗날 어떤 높은 귀부인이 그녀로서는 비교적 누린 자유와 안락함을 이용하여 자신의 이름으로 무엇인가를 출판함으로써 괴물로 여겨질지도 모르는 모험을 무릅썼으리라는 것이겠지요. 레베카 웨스트 양의 '형편없는 페미니즘'을 조심스럽게 피하면서 나는 계속 생각해보았는데, 물론 남성들이 속물은 아니지요. 그들은 시를 쓰려는 백작부인의 노력에 대해 대부분 동정심을 갖고 알아주었지요. 우리는 높은 작위의 귀부인이 무명의 오스틴 양이나 브론테 양이 당시에 받았을 격려보다 훨씬 더 큰 격려를 받았으리라는 것을 알 수 있으리라 기대해봄직합니다. 그러나 그 귀부인의 마음이 두려움과 증오 같은 이질적인 감정으로 어지럽혀지고, 그녀의 시도 그런 산란함의 흔적을 보여주었다는 것도 발견하게 되리라 기대해봄직하지요. 예를 들어 윈칠시 부인[1]이 있습니다. 나는 그녀의 시집을 내려놓으며 생각했습니다. 그녀는 1661년에 태어났는데 혈통으로 보나 결혼으로 보나 귀족이었지요. 그녀는 자식이 없었으며 시를 썼는데, 그녀가 여성의 지위에 항거하여 분노를 터뜨린 것은 그녀의 시집을 그저 펴 보기만 해도 알 수 있습니다.

우리는 얼마나 추락하였는가! 잘못된 규칙에 의해 추락한
자연의 바보라기보다는 교육의 바보들.
모든 정신의 향상으로부터 저지되고
그리고 멍청해져라 기대되고 설계되었네.
더 열렬한 공상과 압축된 야망을 갖고
그 누군가 남들 위로 솟아오르려 하면
그토록 거세게 반대당은 여전히 나타나
뻗어나고 싶은 희망은 결코 두려움을 능가할 수가 없네.

분명하게 그녀의 마음은 결코 "모든 방해물을 태워 없애고 백열광으로 눈부시게 빛나지는" 않았습니다. 그 반대로 그녀의 마음은 미움과 불만으로 시달리고 갈피를 잡지 못하였지요. 그녀에게 있어서 인류는 두 개의 당으로 나뉘어 있습니다. 남자들은 '반대당'이지요. 남자들은 그녀의 미움과 두려움의 대상이었는데, 왜냐하면 그들은 그녀가 원하는 일에 ― 즉, 글 쓰는 일에 ― 이르는 길을 가로막는 힘을 가지고 있기 때문이지요.

---

1 앤 핀치 윈칠시 백작부인(1661~1720), 영국의 시인. 알렉산더 포프의 친구였음.

슬프도다! 펜을 들고자 하는 여자는,
그렇게 주제넘은 피조물로 여겨지나니
그 잘못은 어떤 미덕으로도 메워질 수 없네.
그들은 말하지, 우리가 우리의 성과 갈 길을 착각한다고,
예의범절, 유행, 춤, 옷치장, 유희가
우리가 열망해야 하는 소양이라고,
쓰고, 읽고, 생각하고, 또는 캐묻는 것은
우리의 아름다움을 흐리게 하고 우리의 시간을 고갈시키리
라고,
그리고 우리의 전성기의 남성 정복을 방해하리라고,
한편 노예 같은 집의 따분한 관리야말로
우리의 최고도의 기술과 관행으로 유지되는 것이라고.

실로 그녀는 자신이 쓰는 것은 결코 출판되지 않으리라고 가정함으로써, 글을 쓰도록 스스로를 격려해야 하고 다음과 같은 슬픈 노래로 자신을 위로해야 합니다.

몇 안 되는 친구들에게, 그리고 그대의 슬픔에게 노래하라
수많은 월계관을 위하여 그대가 태어난 것은 아니라고.
그대의 그늘이 아무리 어둡더라도 그대 거기에서 만족하라.

그런데 분명한 것은 만일 그녀가 자신의 마음을 증오와 두려움으로부터 해방시켜서 그 마음에다 쓰라림과 분노를 쌓아두지 않을 수 있었다면 그 불길은 그녀 내부에 뜨겁게 존재하였을 것입니다. 때때로 순수한 시 구절들이 흘러나오는 것을 보면 말입니다.

또한 빛바랜 비단으로는 지어내지 않으려 하네
흐릿한 모습으로 그 흉내낼 수 없는 장미꽃을.

이런 시구들은 머리 씨[2]에 의해 제대로 칭송받고 있으며, 그리고 포프 씨는 그녀의 다른 시구를 기억해내 다음과 같이 갖다 쓰고 있다고 하지요.

이제 노란 수선화는 나약한 두뇌를 압도하니
우리는 그 향기로운 고통 아래 실신하네.

이렇게 글을 쓸 수 있었던 여성이, 자연과 사색으로 향한 마음을 지녔던 여성이, 분노와 쓰라림을 겪도록 강요되었다는 것은 유감천만의 일이지요. 그러나 그녀 자신인들 어떻게 달리 해볼 수가 있었겠습니까? 나는 물었습니다. 그 냉소와 비웃음과 아첨꾼들의 아부와 전문 시인들의 회의를 상상해보면서 말이지요. 비록 그녀의 남편이 참으로 친절하고 그들의 결혼 생활이 완벽했다고 하더라도, 그녀는 글을 쓰기 위해 스스로를 시골 방에 감금하고 모진 마음과 망설임으로 갈갈이 찢겼을 것임에 틀림없습니다. 그녀는 '……이었음에 틀림없다'고 나는 말합니다. 왜냐하면 우리가 윈칠시 부인에 관한 사실들을 찾아보려고 하면 늘 그러하듯 그녀에 대해 거의 아무것도 알려져 있지 않다는 것을 발견하기 때문이지요. 그녀는 우울증으로 심하게 고생을 하였는데 우리는 그것을 적어도 어느 정도까지는 설명을 할 수가 있습니다. 우울증에 빠지면 자신이 어떤 상상을 하게 되는가에 대하여 그녀가 다음과 같이 이야기해주고 있는 것을 우리가 발견할 때에

2 존 미들턴 머리(1889~1957), 영국의 언론인, 평론가.

말입니다.

　　나의 시행은 비난받고, 내가 하는 일은
　　쓸모없는 어리석음 혹은 주제넘은 과실이라 여겨졌지.

　이렇게 비난받았던 일이란, 우리가 알 수 있는 한에서는, 들판을 거닐고 꿈을 꾸는 무해한 것이었지요.

　　내 손은 색다른 것을 쫓아가기 즐거워하여
　　알려지고 평범한 길에서는 벗어나버리네.
　　또한 빛바랜 비단으로는 지어내지 않으려 하네
　　흐릿한 모습으로 그 흉내낼 수 없는 장미꽃을.

　그것이 그녀의 습관이고 즐거움이었다면, 당연히 그녀는 비웃음받을 것을 기대할 수밖에 없었지요. 따라서 포프와 게이[3]는 그녀를 '끄적이고 싶어서 못 견디는 여류 문학가'로 풍자했다고들 합니다. 또한 그녀는 게이를 비웃음으로써 그의 감정을 상하게 했다고 생각됩니다. 그녀는 게이의 『트리비아』[4]를 보고 "그는 의자에 걸터앉기보다는 의자 앞에서 걸어다니기에 더 적절한 사람"이라는 것을 보여주고 있다고 말했으니까요. 하지만 이 모든 것이 '의심쩍은 잡담'이며 흥미 없는 것이라고 머리 씨는 말하지요. 그러나 나는 그에게 동의하지 않습니다. 왜냐하면 나는 들녘을 거닐면서 예사롭지 않은 것을 생각하기를 사랑하였고, 그렇게 무모하고 그렇게 현명치 못하게도 '노예 같은 집의 따분한 관리'

3　존 게이(1685~1732), 영국의 시인, 극작가.
4　『트리비아: 런던 거리를 걷는 법』 일상사의 면모를 섬세하게 관찰하여 명확하고 간결한 운율과 어법으로 구사한 게이의 대표적인 장시.

를 경멸했던 그 우울한 귀부인의 이미지를 찾아내거나 만들어낼 수 있도록 의심쩍은 잡담이라도 더 많이 있었으면 하고 원했으니까요. 그러나 그녀가 산만해졌다고 머리 씨는 말합니다. 그녀의 재능은 온통 잡초로 덮여 있고 가시나무와 뒤얽혀 있습니다. 그것은 실제의 제 모습이었던 멋지고 탁월한 모습으로 자신을 드러낼 기회가 없었지요. 그래서 나는 그녀의 작품을 책장에 다시 갖다 놓은 다음, 또 다른 높은 귀부인, 즉 램이 사랑했던 공작부인, 윈칠시 부인보다는 나이가 많지만 그녀와 동시대인이었던 변덕스럽고 환상적인 뉴캐슬의 마거릿 부인[5]에게로 눈을 돌렸습니다. 그 두 부인은 매우 다른 사람들이었지만 둘 다 귀족이었으며 자식이 없었고 최고의 남편과 결혼했다는 점에서는 비슷하였습니다. 두 사람 내부에서는 시를 향한 똑같은 열정이 타올랐고 두 사람 모두 똑같은 이유로 망가지고 일그러졌지요. 그 공작부인의 책을 펼쳐보면 똑같은 분노의 폭발을 발견하게 됩니다. "여성은 박쥐나 올빼미처럼 살고 짐승처럼 일하고 벌레처럼 죽는구나……" 마거릿 역시 시인이 될 수 있었을지도 모릅니다. 지금 우리 시대에서라면 그녀의 모든 활동은 어떤 운명의 수레바퀴를 돌려놓았을 테니까요. 하지만 실제는 그렇지 않았으므로, 무엇이 그 격렬하고 풍부하고 태어나면서부터 갖고 나온 그녀의 지성을 인간적 쓸모를 위해 얽어매고 길들이고 교화시킬 수 있었겠습니까? 그 지성은, 지금 아무도 읽는 사람이 없는 사절판과 이절판 책에 응고되어 있는, 그러한 운문과 산문, 시와 철학의 격류가 되어 뒤죽박죽으로 쏟아져 나왔습니다. 그녀의 손에 현미경을 쥐여주었어야 했고, 별을 보고 과학적으로 추론하는 법을 가르쳐주었어야 했지요. 그녀의 기지는 고독과 자유분방함으로 변질되었으

---

5 마거릿 캐번디시, 뉴캐슬 공작부인(1623~1673), 영국의 작가.

니 말입니다. 아무도 그녀를 제지하지 않았고, 아무도 그녀를 가르치지 않았지요. 교수들은 그녀에게 아첨을 떨었고 궁정에서는 그녀를 희롱하였지요. 에저턴 브리지스 경은 그녀의 상스러움에 대해 불평을 하였지요—"궁정에서 자란 높은 지위의 여성에게서 흘러나오는 것으로서는" 하면서 말입니다. 그녀는 웰벡에 홀로 있으면서 두문불출하게 되었지요.

마거릿 캐번디시를 생각하는 것은, 마치 거대한 오이 덩굴 하나가 정원의 모든 장미와 카네이션 위로 뻗어 올라가 그것들을 질식시키듯, 커다란 외로움과 격정의 환영을 마음에 불러일으키지요! "가장 잘 양육된 여성은 가장 공손한 마음을 지닌 여성들이다"라고 글을 쓴 여성이, 자신이 나타나면 사람들이 마치 주위로 몰려들 정도가 되도록 헛소리를 휘갈겨 쓰는 일에다 그리고 또 모호함과 어리석음 속으로 점점 더 깊이 빠져드는 데다 세월을 허비했을 테니 이 무슨 낭비인지요. 분명 그 미친 공작부인은 똑똑한 소녀들을 겁에 질리게 하는 악귀가 되었지요. 공작부인의 책을 치우고 도로시 오즈번[6]의 서간집을 펴 보면서 나는 도로시가 그 공작부인의 새 책에 관하여 템플에게 편지를 쓴 것을 기억해냈습니다. "확실히 그녀는 정신이 약간 이상해졌나봐요. 그렇지 않다면 감히 책을 쓰려고, 그것도 운문으로 쓰려고 할 만큼 그렇게 어리석을 수는 없었을 것입니다. 나라면 이 주일 동안 잠을 못 잔다 하더라도 그렇게 되지는 않았을 겁니다."

따라서 양식과 겸손을 갖춘 여성이라면 책을 쓸 수 없었으므로, 예민하고 우울하며 기질적으로 공작부인과 정반대였던 도로시는 아무것도 쓰지 않았습니다. 편지는 셈에 넣지 않고 말하면 말입니다. 어떤 여성은 아버지의 병상 옆에 앉아 있는 동안 편지

6 1627~1695, 영국의 서간 작가. 약혼자 템플에게 결혼 전에 쓴 편지로 유명함.

를 썼는지도 모릅니다. 남자들이 이야기하는 동안 난롯가에서 그들을 방해하지 않으면서 편지를 쓸 수도 있었겠지요. 도로시의 서간집을 넘기면서 나는 생각하였지요. 이상한 것은 그 배운 것 없고 고독한 어린 여성이 문장을 구성하고 장면을 만들어내는 대단한 재능을 지녔다는 사실입니다. 그녀가 다음과 같이 행바꿈도 없이 끊임없이 이야기하는 것을 들어보십시오.

"저녁 식사 후 우리는 앉아서 이야기를 하지요. B 씨가 무엇인가 물으러 들어오면 나는 나가지요. 한낮의 열기는 책 읽고 일하는 데 쓰이고 여섯, 일곱 시경이 되면 나는 집 가까이에 있는 공터로 산책을 나가지요. 그 공터에는 아주 많은 소녀들이 양과 암소 들을 돌보며 그늘에 앉아 발라드 노래를 부르고 있지요. 나는 그 애들에게로 가서 그 아이들의 목소리와 아름다움을 책에서 읽었던 옛 양치기 소녀들과 비교해보지요. 거기에는 커다란 차이가 있지만 나는 진실로 이 아이들도 그 양치기 소녀들이 순진한 만큼 똑같이 순진하다고 생각해요. 이 아이들과 이야기를 해보면 이 아이들은 스스로를 세상에서 가장 행복한 사람으로 만드는 데 있어서 부족한 것이 하나도 없다는 것을 알게 되지요. 자신들이 행복하다는 것을 아는 것을 제외하고는 말입니다. 보통 우리가 한참 이야기를 하는 중에 한 아이가 주위를 둘러보다가 암소들이 옥수수밭에 들어가는 것을 발견하면 마치 발뒤꿈치에 날개라도 달아놓은 듯이 아이들 모두가 달려가지요. 그렇게 민첩하지 않은 나는 뒤에 남지요. 그리고 그 아이들이 소 떼를 집으로 몰고 가는 것을 보면 나도 돌아갈 시간이 되었다고 생각하지요. 저녁을 먹고는 정원으로 들어가 그 옆을 흐르는 작은 개울가로 가지요. 거기에 앉아 나는 당신이 나와 함께 있었으면 하고 생각합니다……"

우리는 그녀가 내면에 작가의 소질을 지니고 있었다고 맹세할 수도 있었을 것입니다. 그러나 우리가 "내가 이 주일을 못 잔다고 하더라도 그렇게 되지는 않았을 것입니다"라고 했듯이 글쓰기에 대단한 재능을 가진 여성조차도 글을 쓴다는 것은 어리석은 일이며, 심지어 자신이 정신이상이라는 것을 보여주는 일이라고 스스로 믿었다는 사실을 알게 될 때, 우리는 세상에 만연되어 있었던 여성의 글쓰기에 대한 반대의 정도를 가늠할 수가 있습니다. 도로시 오즈번의 짧은 단행본인 이 서간집을 제자리에 돌려놓은 후 나는 계속 생각하였지요. 그리하여 우리는 이제 벤 부인[7]에게 이르게 되었다고 말입니다.

벤 부인과 더불어 우리는 길 위의 매우 중요한 모퉁이 하나를 돌아가는 셈이 됩니다. 자신들의 사절판 책에 묻혀 사원에 감금된 채, 독자도 비평도 없이 자신만의 즐거움을 위해 글을 썼던 그 고독한 귀부인들을 뒤에 남겨두게 되니까요. 우리는 이제 도시로 가서 길거리의 평범한 사람들과 어깨를 맞대고 어울리게 됩니다. 벤 부인은 유머, 활력 그리고 용기라고 하는 모든 평민의 미덕을 갖춘 중산층 여성이었습니다. 그녀는 남편의 죽음과 자신에게 닥친 뜻밖의 불운한 사건들 때문에 자신의 기지로 생계를 해결하지 않으면 안 되었던 여성이었지요. 그녀는 남자들과 대등하게 일을 해야만 했고, 열심히 일해서 먹고살 만큼 충분히 벌었습니다. 이 사실의 중요성은 그녀가 실제로 쓴 모든 것들보다, 심지어 그 훌륭한 「나는 천 명의 순교자가 되었네」라든가 「사랑은 굉장한 승리 안에 앉아 있었지」 같은 작품들보다 더 가치 있는 것입니다. 왜냐하면 여기서 마음의 자유가, 아니 차라리 우리 마음은

---

7   애프라 벤(1640~1689). 영국의 극작가, 소설가, 시인. 글쓰기를 생업으로 삼은 영국 최초의 여성.

마침내 스스로가 좋아하는 바를 자유롭게 쓰리라는 가능성이 생겨나니까요. 애프라 벤이 해냈으므로 이제 젊은 여성들은 자기 부모에게 가서 "저에게 용돈을 주실 필요가 없습니다. 제 펜대로 돈을 벌 수 있으니까요"라고 말할 수 있지요. 물론 그 후로도 여러 해 동안의 대답은 "그래, 애프라 벤의 삶을 살겠다는 말이지? 차라리 죽는 게 낫지!"라는 것이었으며, 이전보다 문짝은 더 빠르게 꽝 소리를 내며 닫혔지요. 남성들이 여성의 정조에 두는 가치와 그것이 여성의 교육에 미치는 영향이라는 그 심심찮게 재미있는 주제가 여기서 토론의 대상으로 떠오르는데, 만약 거튼이나 뉴넘의 어떤 학생이 그 문제를 연구하고 싶다면 그 주제는 흥미있는 책을 제공할 것입니다. 스코틀랜드 황무지의 곤충 사이에서 다이아몬드를 온통 두르고 앉아 있는 더들리 여사가 그 책머리에 소개되어도 좋을 것입니다. 얼마 전에 더들리 여사가 세상을 떠났을 때 『타임스』는 이렇게 말했지요. 더들리 경은 "교양 있는 취미와 여러 가지 소양을 지닌 사람으로서 자비심 많고 관대하였지만 예측할 수 없이 독재적이었다. 그는 스코틀랜드 고원지대의 가장 외딴 사냥막에서도 자기 부인에게 완전 정장을 고집하였으며 그녀에게 호화로운 보석을 마구 안겨주었다." 『타임스』는 계속하였지요. "그는 그녀에게 모든 것을 주었다―항상 어느 정도의 책임감만 빼놓고는." 그런데 더들리 경이 발작을 일으키자 그녀는 그를 간호하였고 그 후에도 계속 뛰어난 능력을 발휘하며 그의 재산을 관리하였지요. 그 변덕스런 독재가 19세기에도 있었습니다.

그러나 다시 돌아가서, 애프라 벤은 아마도 어떤 마음에 드는 자질들을 희생하고 글을 씀으로써 돈을 벌 수 있다는 것을 증명하였지요. 그리하여 점차로 글 쓰는 일이 어리석음과 분열된 마음의 표시일 뿐만 아니라 실질적인 중요성의 표시도 되었지요. 남편이 죽을 수도, 어떤 재앙이 갑자기 가족들에게 덮쳐왔을 수도 있지요. 18세기가 다가옴에 따라 수백 명의 여성들이 번역을 함으로써, 또는 더 이상 교과서에조차 기록되지는 않지만 채링크로스의 4페니 박스에서 손에 넣을 수 있는 무수한 불량 소설들을 씀으로써 자신들의 용돈을 보태거나 가족을 구하기 시작하였습니다. 18세기 후반경에 여성들 사이에 나타난 대단한 정신 활동들은—대화, 모임, 셰익스피어에 관한 글쓰기, 고전의 번역 등은—여성들이 글을 써서 돈을 벌 수 있었다는 확고한 사실에 기반을 두고 있었지요. 돈이란 돈으로 셈이 치러지지 않으면 하찮게 보이는 것에 위엄을 갖추어주는 법이지요. '끄적이고 싶어 못 견디는 여류 문인들'을 조롱하는 것이 여전히 타당하였는지는 모릅니다만, 그들이 자신의 지갑에 돈을 넣을 수 있었다는 사실은 부인할 수 없었지요. 이리하여 18세기 말엽에는, 내가 역사를 다시 쓴다면 십자군이나 장미전쟁보다 더 충실히 기술하고 더 중요하게 생각하였을 변화가 일어났지요. 중산층 여성이 글을 쓰기 시작했던 것입니다. 만일 『오만과 편견』이 중요하다면, 그리고 『미들마치』, 『빌렛』, 『폭풍의 언덕』이 중요하다면, 그렇다면 사절판 책과 아첨꾼에 파묻혀 시골집에 갇혀 있던 외로운 귀족 부인들뿐만 아니라 일반 여성이 글쓰기에 몰두하게 되었다는 것은 내가 한 시간의 강의에서 입증할 수 있는 것 이상으로 중요한 일이지요. 셰익스피어가 말로[8] 없이는, 말로는 초서 없이는, 초서는 길을 닦고 언어의 자연적 야만성을 길들인 잊혀진 시인들 없이는 글을 쓸 수 없었듯이, 제인 오스틴과 브론테 자매 그리고 조지 엘리엇도 이러한 여성 선구자들 없이는 글을 쓸 수 없었을 것

8 크리스토퍼 말로(1564~1593), 영국 엘리자베스 시대의 시인, 극작가.

입니다. 왜냐하면 걸작이란 혼자 외롭게 태어나는 것이 아니기 때문이지요. 그것은 여러 해 동안 일군의 사람들이 공통으로 생각한 결과이며, 따라서 다수의 경험이 한 사람의 목소리 뒤에 존재하는 것이지요. 제인 오스틴은 패니 버니의 무덤에 화환을 놓고 조지 엘리엇은 엘리자 카터, 즉 일찍 일어나 그리스어를 배우기 위해 자신의 침대에 종을 달아놓았던 용감한 노부인의 강건한 영혼에 경의를 표했어야 합니다. 모든 여성들은 다 함께, 물의를 일으키기는 했지만 상당히 적합하게 웨스트민스터 사원에 묻혀 있는 애프라 벤의 무덤에 꽃을 뿌려야만 하지요. 왜냐하면 그들에게 자신의 마음을 이야기할 권리를 얻어준 이가 바로 그녀였으니까요. 오늘 밤 내가 여러분에게 "자신의 기지로 일 년에 오백 파운드를 버십시오"라고 말하는 것이 그다지 공상적인 것만은 아니게 하는 이도 그녀였지요. 비록 그녀가 수상쩍고 호색적이긴 했지만 말입니다.

이제 우리는 19세기 초에 이르렀습니다. 여기서 나는 처음으로 몇 개의 책꽂이가 전적으로 여성들의 작품으로 채워져 있다는 것을 발견하였습니다. 하지만 그 작품들을 훑어보면서 나는 묻지 않을 수가 없었지요. 왜 그 작품들은 아주 소수를 제외하고는 모두 소설이었을까? 하고 말입니다. 최초의 충동은 시를 향한 것이었지요. '노래의 최고 우두머리'는 여성 시인이었습니다. 프랑스에서도 영국에서도 여성 시인들이 여성 소설가에 선행합니다. 그 유명한 네 명의 이름을 쳐다보면서 생각하였지요. 조지 엘리엇은 에밀리 브론테와 무슨 공통점을 가졌을까? 샬럿 브론테는 제인 오스틴을 이해하는 데 완전히 실패했던 것이 아닐까?[9]

9　샬럿 브론테는 제인 오스틴이 예리한 관찰력을 지녔으나 삶의 겉모습만을 다루었으며 시적 재능이 부족하다고 비판하였다.

그들 중 아무도 아이를 갖지 않았다고 하는, 아마 적절할지도 모르는 이 사실을 제외하고는 그들보다 더 서로 맞지 않은 네 명의 인물이 한 방에서 함께 만나는 일은 있을 수 없었을 것입니다. 그래서 그들 사이의 만남과 대화를 꾸며보고자 하는 것은 솔깃할 만한 유혹이지요. 그런데 어떤 이상한 힘에 의해 그들은 글을 쓸 때에, 모두 소설을 쓰지 않을 수 없었지요. 이것과 그들이 중산층에서 태어났다는 것과는 어떤 관계가 있었을까 하고 나는 물었습니다. 에밀리 데이비스 양[10]이 얼마 후에 매우 인상적으로 증명하였듯이, 19세기 초의 중산층 가정은 가족들 사이에 단 하나만의 거실을 두었다는 사실과도 그것이 관계가 있었을까? 여성이 글을 썼다면 그녀는 공동의 거실에서 썼을 겁니다. 그리고 나이팅게일 양이 그렇게 열을 내어 "여자들은 그들 자신만의 것이라고 부를 수 있는 시간을 반 시간도 못 가진다"라고 불평하였듯이 그녀는 글 쓰는 도중에 늘 방해를 받았겠지요. 여전히 거기에서는 시나 희곡을 쓰기보다는 산문이나 소설을 쓰는 것이 쉬웠을 겁니다. 집중력이 덜 요구되었으니까요. 제인 오스틴은 생의 마지막 날까지 그런 식으로 글을 썼지요. 그녀의 조카는 회고록에서 이렇게 쓰고 있습니다. "그녀가 어떻게 이 모든 것을 성취할 수 있었는가 하는 것은 놀라운 일이다. 왜냐하면 그녀는 자주 갈 수 있는 서재가 따로 없었으며 대부분의 집필은 공동의 거실에서 그때그때의 온갖 종류의 방해를 받으며 이루어졌음에 틀림없으니 말이다. 그녀는 자신의 일이 하인들이나 방문객 혹은 가족 친지들 이외의 다른 어떤 사람들에 의해서도 의심받지 않도록 조심하였다."[11] 제인 오스틴은 자신의 원고를 숨기거나 압지 종

10 1830~1921, 여성의 대학 교육을 주창하는 운동의 선구자이며 케임브리지 대학교의 거튼 칼리지를 창설한 중심인물.
11 제인 오스틴의 조카 제임스 에드워드 오스틴-리가 쓴 『제인 오스틴의 비망록』.(원주)

이로 가려놓았지요. 게다가 19세기 초에 여성들이 받았던 문학 훈련은 인물의 관찰과 감정의 분석에 대한 훈련이었지요. 그녀의 감수성은 몇 세기 동안 공동 거실의 영향을 받으며 교육되었지요. 사람들의 감정이 그녀에게 새겨졌으며 개인적인 인간 관계들이 눈앞에 항상 있었지요. 따라서 중산층 여성이 글쓰기에 전념하였을 때에 그녀는 자연스럽게 소설을 썼습니다. 비록 꽤 분명하게 보이다시피 여기에 언급된 네 사람의 유명한 여성들 중 두명은 본래 소설가가 아니었는데도 말입니다. 에밀리 브론테는 시극을 썼어야 했고 조지 엘리엇의 넘쳐나는 넓은 마음은 그 창조적 충동이 역사나 전기를 쓸 때 널리 퍼져나갔을지도 모릅니다. 그러나 그들은 소설을 썼습니다. 우리는 더 나아가 그들이 좋은 소설을 썼다고 말할 수도 있다고, 『오만과 편견』을 책장에서 꺼내며 나는 말하였습니다. 남성들에게 떠벌리거나 괴로움을 주지 않으면서 우리는 『오만과 편견』은 좋은 책이라고 말할 수 있습니다. 아무튼 우리는 『오만과 편견』을 쓰다가 현장에서 잡혔다 하더라도 부끄러워하지는 않았으리라는 것이지요. 그러나 제인 오스틴은 돌쩌귀가 삐걱 소리를 내어 누군가가 들어오기 전에 원고를 감출 수 있었던 것을 기뻐하였지요. 제인 오스틴으로 보아서는 『오만과 편견』을 쓰는 데에 무언가 수치스러운 것이 있었지요. 나는 생각해보았습니다. 만일 제인 오스틴이 방문객들로부터 자신의 원고를 감출 필요가 없다고 생각했다면 『오만과 편견』은 더 좋은 소설이 되었을까? 나는 이것을 알아보기 위해 한두 페이지를 읽었습니다. 그러나 그녀의 상황이 그녀의 작품에 조금이라도 해가 되었다는 표시는 하나도 찾아볼 수가 없었습니다. 아마도 이것은 그 작품에 대한 제1의 기적이었습니다. 여기 1800년경에 미움 없이, 쓰라림 없이, 두려움 없이, 항의 없이, 설교 없이 글을 쓰고 있는 여성이 있었던 거지요. 그것이야말로 셰익스피어가 글을 썼던 방식이었다고 『안토니와 클레오파트라』를 쳐다보며 나는 생각하였습니다. 사람들이 셰익스피어와 제인 오스틴을 비교하는 경우에 그들은 그 두 사람의 마음 모두가 온갖 방해물을 다 태워 없애버렸다는 것을 의미할는지도 모릅니다. 그리고 그런 이유로 해서 우리는 제인 오스틴을 알지 못하고 셰익스피어를 알지 못하며, 그런 이유로 해서 제인 오스틴은 그녀가 쓴 모든 단어에 스며들어 있고 셰익스피어도 그러하지요. 제인 오스틴이 어떤 식으로든 그녀가 처한 환경 때문에 고생하였다면 그것은 그녀에게 부과된 삶의 협소함에 있었지요. 여자가 혼자서 돌아다니는 것은 불가능하였습니다. 그녀는 결코 여행을 하지 않았지요. 버스를 타고 런던을 죽 다녀본 적도 없고 혼자서 가게에서 점심을 사 먹은 적도 없습니다. 그렇지만 자신이 갖지 않은 것은 원하지도 않는 것이 아마 그녀의 천성이었는지도 모르지요. 그녀의 재능과 환경이 서로 완벽하게 맞아떨어졌던 셈이지요. 그러나 그것이 샬럿 브론테에게도 사실일까 하는 데에는 의심이 간다고, 『제인 에어』를 펴서 『오만과 편견』 옆에 놓으면서 나는 혼자 말하였습니다.

『제인 에어』의 12장을 폈더니, "원하는 사람은 누구나 다 나를 비난해도 좋다"는 구절이 내 눈을 끌었습니다. 무엇 때문에 사람들이 샬럿 브론테를 비난하고 있었을까 하고 나는 의아해했습니다. 그리고 페어팩스 부인이 젤리를 만들고 있을 때에 어떻게 제인 에어가 지붕으로 올라가서는 들판 너머 먼 곳의 전경을 바라보고는 했는가를 읽었지요. 그러고 나서 ─ 이것이 사람들이 비난하였던 대목이었는데요 ─ 그녀는 열망하였지요. "나는 저 한계를 넘어서 내가 들어본 적은 있으나 결코 본 적은 없는 저 분주한 세상과 도시와, 생기로 가득 찬 지방에 이를 수 있는 시력을 갈망하였다. 그러고 또한 내가 가진 것보다 더 많은 실제적인 경험을 하고, 여기 지금 내 힘이 닿는 범위를 넘어 나와 비슷한 사람들과 더 많은 교제를 하고 다양한 사람들을 더 많이 알게 되기를 갈망하였다. 나는 페어팩스 부인의 좋은 점과 아델의 좋은 점을 소중히 여겼다. 그러나 나는 또 다른, 더 활기에 찬 종류의 좋은 것이 존재한다고 믿었고 내가 믿는 것을 눈으로 보았으면 하고 바랐다.

누가 나를 비난하는가? 틀림없이 많은 사람들이지. 내가 불만스러워한다고들 말하겠지. 나는 어찌할 수가 없었다. 들떠 있음은 내 본성 안에 들어 있었고, 그것은 때로 고통스러울 정도로 나를 동요시켰다……

인간은 평온함에 만족해야만 한다고 말하는 것은 헛된 일이다. 인간은 행동을 해야 한다. 그것을 발견할 수 없다면 그것을 만들어낼 것이다. 수백만의 사람들이 나보다 더 조용한 운명에 처해 있고, 그리고 수백만의 사람들이 자신의 운명에 대항하여 조용히 반란을 일으키고 있다. 그 아무도 얼마나 많은 반란들이 지구에 살고 있는 숱한 무리들의 삶 속에서 발효되고 있는지를 알지 못한다. 여성들은 일반적으로 매우 고요히 있기로 되어 있다. 그러나 여자들도 남자들이 느끼는 대로 똑같이 느끼며, 남자 형제들만큼이나 여러 능력의 발휘와 노력의 장을 필요로 한다. 그들은 남자들과 마찬가지로 너무나 엄격한 억제와 너무나 절대적인 침체로 인해 고통을 받는다. 여자들은 푸딩을 만들고 양말을 짜며 피아노를 치고 가방에 수를 놓는 일에나 틀어박혀 있어야 한다고 말하는 것은 더 많은 특권을 누리고 있는 동료 피조물들[12]의 좁아터진 마음 씀이다. 비록 여성들이, 그들에게 적절하다고 관

12 '남성들'을 뜻함.

습이 선언한 그 이상의 일을 하고 또 배우려고 하더라도 그들을 저주하고 비웃는다는 것은 생각이 모자라는 처사이다.

이렇게 혼자 있을 때 나는 심심치 않게 그레이스 풀의 웃음소리를 들었다……"

이것은 어색한 단절이라고 나는 생각하였습니다. 갑자기 그레이스 풀과 만나게 되는 것은 일을 엉망으로 만드는 것이지요. 연속성이 깨지지요. 그 책을 『오만과 편견』 옆에 놓으며 나는 계속 생각하였습니다. 이런 글을 쓴 여성이 제인 오스틴보다 더 천재적이라고 말할 수도 있겠지요. 하지만 그것을 반복해서 읽어보고 그 안에 담겨 있는 갑작스레 휙 당기는 움직임과 분노에 주목하게 되면 그녀는 결코 자신의 천재성을 완전하고 온전하게 표현하지 못할 것이라는 것을 알게 됩니다. 그녀의 책은 일그러지고 뒤틀릴 것입니다. 그녀는 침착하게 써야 할 대목에서 성을 내어 쓸 것이고, 지혜롭게 써야 할 대목에서 어리석게 쓸 것입니다. 등장인물에 대하여 써야 할 곳에서 자신에 대하여 쓸 것입니다. 그녀는 자신의 운명과 전쟁을 하고 있는 것이지요. 그러니 그녀가 속박당하고 좌절된 채 어린 나이에 죽는 것밖에는 어떻게 해볼 도리가 있었겠습니까?

우리는 잠시 동안, 이를테면 샬럿 브론테가 일 년에 삼백 파운드를 소유했다면—그러나 그 어리석은 여자는 자신의 소설의 저작권을 천오백 파운드에 팔아넘겼지요—그리고 분주한 세상과 도시와 활력으로 가득 찬 지역들에 대해 더 많은 지식을 소유하고, 더 많은 실제적 경험을 하고, 비슷한 사람들과 더 많은 교제를 하고 또 다양한 사람들을 더 많이 알았다면 무슨 일이 일어났을까 하는 생각을 해보지 않을 수가 없습니다. 앞에서의 말들을 함으로써 그녀는 소설가로서의 자신의 결점뿐만 아니라 그 당시 여성들의 결함에 대해서도 정확한 정보를 제공하고 있는 셈이지요. 그녀는 자신의 천재적 재능이 먼 들판 너머를 고독하게 바라보던 일에 허비되지 않고 또 경험과 교제와 여행이 자신에게 허락되었다면 그 천재성이 얼마나 엄청난 이득을 얻었을까를 누구 못지않게 잘 알고 있었지요. 그러나 그런 것들은 허락되지 않았으며 보류되었습니다. 그리하여 우리는 『빌렛』, 『에마』, 『폭풍의 언덕』, 『미들마치』와 같은 모든 훌륭한 소설들이 존경스런 목사님 집에서 겪을 수 있는 것 이상의 인생 경험이 없는 여성들에 의하여, 그것도 그 존경스런 집의 공동 거실에서, 너무 가난하여 『폭풍의 언덕』과 『제인 에어』를 쓸 종이를 한꺼번에 한 첩[13] 이상을 사들일 여유가 없었던 여성들에 의하여 쓰였다는 사실을 인정해야만 합니다. 맞습니다. 그들 중의 한 사람인 조지 엘리엇은 많은 시련 후에 탈출을 하였지요.[14] 그러나 고작 세인트 존스 숲에 있는 격리된 별장으로였지요. 그리고 거기에서 그녀는 세상의 비난이라고 하는 그늘 아래 정착하였습니다. 그녀는 "나는 누가 되었든 초대해달라고 먼저 청하지 않은 사람을 나를 보러 오라고 초대해서는 결코 안 된다는 것을, 사람들이 이해하기를 바란다"고 썼습니다. 왜냐하면 그녀는 기혼 남자와 사는 죄를 짓고 있었으니 그녀를 본다는 것은 스미스 부인이든 우연히 방문한 사람들이든 그들의 정조를 손상시킬 수 있을지도 모르지 않았겠습니까? 우리는 사회적 관습을 따라야만 하고 '소위 세상이라고 하는 것으로부터 단절되어야만' 하지요. 그 똑같은 시대에 유럽의

13 한 첩은 24매.
14 조지 엘리엇은 빅토리아 시대의 다재다능한 저널리스트였던 조지 헨리 루이스와 법률상의 절차를 밟지 않고 결합하였다. 당시 루이스는 자기 친구와의 관계에서 네 명의 아이를 낳은 아내 애그니스와 사실상의 이혼 상태에 있었다. 사람들은 루이스에 대해서는 동정적이면서도 조지 엘리엇에 대해서는 악평을 퍼뜨렸다.

다른 쪽에서는 이런 집시 여자와 혹은 저런 귀부인과 자유롭게 살면서 전쟁에도 나가고, 그가 훗날 책을 쓰게 되었을 때 그렇게 훌륭하게 소용되었던 온갖 인생 경험을 방해받지도 않고 검열받지도 않은 채 익혀나갔던 젊은 남자가 있었지요. 만약 톨스토이가 '소위 세상이라고 하는 것으로부터 단절되어' 기혼녀와 함께 수도원에서 은둔하여 살았더라면, 그 도덕적 교훈이 아무리 유익하다 하더라도 그는 『전쟁과 평화』를 거의 쓰지 못했을 거라고 나는 생각합니다.

그러나 아마 우리는 소설 쓰기와, 성별이 소설가에게 미치는 영향이라고 하는 문제에 대해 좀 더 깊이 파고들 수도 있을 것입니다. 눈을 감고 우리가 소설을 전체로서 생각해본다면 소설이라는 것은, 물론 무수한 단순화와 왜곡을 수반하지만, 삶에 대해 거울 같은 유사성을 가진 창조물로 보일 것입니다. 아무튼 그것은 마음의 눈에 어떤 형태를 남기는 구조물로서 때로는 정사각형으로 지어지고, 때로는 탑 모양의 형태가 되고, 때로는 날개와 회랑을 증축하고, 때로는 콘스탄티노플의 성소피아대성당처럼 견고하게 아담하고 둥근 지붕 모양을 하고 있지요. 어떤 유명한 소설들을 회상하며 나는 생각하였습니다. 이러한 형태는 우리 내면에다 그것에 걸맞은 종류의 감정을 일으킨다고 말입니다. 그러나 그 감정은 금세 다른 감정과 섞이는데, 왜냐하면 그 '형태'는 돌과 돌의 관계에 의해서가 아니라 사람과 사람의 관계에 의하여 만들어지기 때문이지요. 그리하여 소설은 우리 안에 온갖 종류의 적대적이고 반대되는 감정들을 일으킵니다. 삶은 삶이 아닌 그 무엇과 갈등을 일으키지요. 따라서 어떠한 것이든 소설에 대한 의견 일치에 이르기가 어려워지고 우리의 개인적 편견이 우리를 쥐고 흔들게 됩니다. 한편으로 우리는 당신—주인공 존—

이 살아야만 한다고 느낍니다. 다른 한편 우리는 소설의 형태가 요구하므로 "슬프도다, 존 자네는 죽어야만 하네" 하고 느낍니다. 삶은 삶이 아닌 그 무엇과 갈등을 일으키지요. 게다가 그것이 부분적이지만 삶이기 때문에 우리는 그것을 삶이라고 판단합니다. 제임스는 내가 가장 싫어하는 종류의 남자라고 우리는 말합니다. 혹은 이건 얼빠진 소리의 뒤범벅이군, 내 스스로는 이 비슷한 것을 느껴본 적이 없어, 하고 말합니다. 어떤 유명한 소설이라도 돌이켜 생각해보면, 분명한 것은 소설의 전체 구조는 이렇듯 그렇게 많은 상이한 판단과 그렇게 많은 상이한 종류의 감정으로 구성되어 있기 때문에 무한한 복잡성을 띠는 구조물이라는 것입니다. 놀라운 일은 그렇게 구성된 책이 한두 해 이상을 계속 지탱해 나간다는 것과 또한 그 책이 러시아나 중국 사람들에게 의미하는 바를 영국 사람들에게도 의미할 수도 있다는 것이지요. 그리고 그러한 책들은 가끔은 아주 괄목할 만하게 계속 버텨나갑니다. 이렇게 드물게 살아남는 경우에 있어서 (나는 『전쟁과 평화』를 생각하고 있었지요) 그것들을 지탱시켜 나가는 것은 우리가 성실성이라고 부르는 그 무엇이지요. 비록 그것이 계산서를 지불한다거나 비상시에 명예롭게 행동하는 것과는 아무런 관계가 없지만 말입니다. 소설가의 경우에 있어서 우리가 성실이라는 것으로서 의미하는 바는 소설가가 우리에게 선사하는, 이것은 진실이다, 하는 확신이지요. "그래, 나는 이것이 그럴 수 있다고 생각하지 못했을 거야. 나는 그렇게 행동하는 사람들을 본 적이 없으니까. 그러나 당신은 그것이 그러하고 그런 일이 그렇게 일어난다는 것을 나에게 납득시키는군" 하고 우리는 느끼지요. 우리는 책을 읽어가며 모든 문구와 모든 장면을 빛에 비추어 봅니다. 매우 기묘하게도 자연은 우리에게 소설가의 성실성과 불성실성을 판단할 내면의 빛을 제공한 듯이 보이니까요. 아니면 아마도 오히려 자연은 가장 불합리한 기분에 젖어 우리 마음의 벽에다 보이지 않는 잉크로 이 위대한 예술가들이 확증해주는 어떤 예감을, 즉 눈에 보이도록 하기 위해서는 천재의 불꽃에다 갖다 대기만 하면 되는 그런 스케치를 그려놓았는지도 모릅니다. 그렇게 그 그림이 드러나게 하여 그것이 소생하는 것을 볼 때에 우리는 황홀해서 감탄을 하지요. 그런데 이건 내가 항상 느끼고, 알고, 열망해왔던 것이잖아. 그러고는 흥분으로 끓어오르고 마치 그 책이 매우 소중한 무엇인 양, 살아 있는 동안 내내 되돌아가 기댈 하나의 의지처인 양 일종의 경외심까지 가지고 그 책을 덮고는 책꽂이에 다시 갖다 놓지요. 이렇게 나는 『전쟁과 평화』를 제자리에 갖다 놓으며 말했던 것입니다. 다른 한편, 만일 우리가 뽑아서 점검해보는 이 불쌍한 문장들이 처음에는 눈부신 채색과 용감한 제스처로 빠르고 열성적인 반응을 불러일으키지만 거기에서 그만 멈춰버리고 만다면 — 무엇인가가 그 문장들의 전개, 발전을 저지하는 듯이 말이지요 — 만일 그것들이 다만 저 구석의 희미한 낙서와 저쪽의 흐릿한 얼룩이나 밝혀내고 그리하여 그 아무것도 완전하고 온전하게 드러나지 않는다면, 우리는 실망의 한숨을 쉬며 또 하나의 실패작이군 하고 말하게 됩니다. 이 소설은 어디에선가 불행을 당하여 파경을 맞은 것이지요.

물론 대부분의 경우 소설들은 어디에선가는 재난을 당합니다. 상상력이 지나친 긴장으로 비틀거리게 되지요. 통찰력은 혼돈되어 더 이상 참된 것과 그릇된 것을 구별할 수가 없고, 매순간 그렇게 많은 상이한 기능들의 사용을 요구하는 그 막대한 노동을 계속해나갈 힘을 더 이상 가지고 있게 되지 않지요. 그런데 소설가의 성별이 이 모든 일에 어떻게 영향을 미칠 것인가를 『제인 에어』와 다른 소설들을 바라보면서 생각해보았습니다. 여성 작가의 성이 어떤 식으로든 그들의 성실성을—내가 작가의 중추라고 여기는 성실성 말이지요—방해할까요? 자, 내가 『제인 에어』에서 인용한 부분에서 보면 분노가 소설가 샬럿 브론테의 성실성을 쓸데없이 참견하고 있었다는 것이 명백해집니다. 그녀는 마땅히 전적으로 헌신했어야 할 소설의 이야기를 떠나 개인적인 불만에 주의를 기울였지요. 그녀는 자신이 지당하고 마땅한 경험의 몫에 굶주렸다는 것을—그녀는 세상을 자유롭게 돌아다니기를 원했으면서도 양말이나 기우며 목사관에 정체되어 있어야만 했지요—기억해냈습니다. 그녀의 상상력은 분노로 인해 빗나갔고 우리는 그것이 빗나가는 것을 또한 느끼지요. 하지만 그녀의 상상력을 잡아끌어 그것이 자기 갈 길에서 비켜나가게 하는, 분노보다 더 많은 영향력들이 있었지요. 예를 들면 무지입니다. 로체스터[15]에 대한 묘사는 어둠 속에서 그려졌지요. 우리는 그 안에서 두려움의 영향을 느낍니다. 그 안에서 우리가 끊임없이 억눌린 결과인 신랄함을, 그녀의 정열 아래 끓고 있는 감춰진 고통을, 아무리 훌륭한 책이라고 하더라도 그것을 고통의 경련으로 죄어 들어가는 원한을 느끼는 것과 꼭 마찬가지로 말입니다.

소설은 실생활과 이러한 상응 관계를 가지고 있으므로 그것의 가치는 어느 정도 실생활의 가치입니다. 그러나 분명한 것은 여성들의 가치는 매우 자주 남성들에 의해 만들어진 가치와는 다르다는 것입니다. 당연히 그러하지요. 그런데 우세하여 널리 퍼져 있는 것은 남성들의 가치입니다. 조야하게 말하자면, 축구와 스포츠는 '중요하고' 유행의 숭배나 옷을 사는 일은 '하찮은' 것이지요. 그리고 이러한 가치들은 피할 수 없이 실생활에서 픽션으

15 샬럿 브론테의 『제인 에어』에 나오는 남자 주인공.

로 옮겨가게 되지요. 비평가는 이것은 전쟁을 다루고 있기 때문에 중요한 책이라고 가정합니다. 이것은 응접실에서 느끼는 여성의 감정을 다루고 있기 때문에 무의미한 책입니다. 전쟁터의 한 장면은 가게의 한 장면보다 더 중요합니다—도처에서 훨씬 더 미묘하게 가치의 구별이 지속되어 나가지요. 그러므로 19세기 전반부의 소설의 전체 구조는, 작가가 여성인 경우에는 직선에서 약간 비켜나서 외부의 권위에 복종하여 자신의 뚜렷한 비전을 변경시켜야만 했던 마음에 의해 세워졌지요. 그 작가가 비판에 맞서고 있다는 것을 알아채기 위해서는 그 오래된 잊혀진 소설들을 대충 훑어보고 그것들을 쓴 목소리의 어조를 들어보기만 하면 됩니다. 그녀는 공격의 방법으로써 이런 말을 하고 회유의 방법으로 그런 말을 하였습니다. 그녀는 자신이 '단지 여자'일 뿐이라고 인정하거나 '남자만큼 훌륭하다'고 항변하고 있었습니다. 그녀는 자신의 기질이 지시하는 대로, 유순하고 소심하게, 혹은 화를 내어 역설하며 비판에 맞섰지요. 어느 쪽이었는가는 중요하지 않습니다. 그녀는 문제 자체가 아닌 다른 무엇에 대해 생각하고 있었으니까요. 갑자기 그녀의 책은 (썩은 사과처럼) 우리 머리 위에 뚝 떨어집니다. 그것의 중심부에 결함이 있었던 것이지요. 나는 얽은 자국이 있는 과수원의 작은 사과처럼 런던의 중고책 가게에 흩어져 있는 모든 여성 소설들에 대해 생각해보았습니다. 그것들을 썩게 한 것은 중심에 있는 결함이었지요. 그녀는 다른 사람들의 의견에 복종하여 자신의 가치를 변경시켰던 것입니다.

그러나 여성 작가들이 오른쪽으로든 혹은 왼쪽으로든 꼼짝도 하지 않는 것은 참으로 불가능하였을 것임에 틀림없습니다. 순수한 가부장제 사회의 한가운데에서 그 모든 비판에도 불구하고 자신들이 보는 대로의 사물을 움츠러들지 않고 굳건히 고수한다는 것은 엄청난 천재성과 성실성을 필요로 했을 것임에 틀림없지요. 오로지 제인 오스틴과 에밀리 브론테만이 그것을 해냈습니다. 그것은 그들의 또 하나의, 아마 가장 멋진 공적이지요. 그들은 남자들처럼이 아니라 여성들이 쓰는 것처럼 썼습니다. 그 당시 소설을 썼던 수천 명의 여성들 중에서 그들만이 이것을 써라 저것을 생각해라 하는 영원한 현학자들의 쉴새없는 훈계를 전적으로 무시하였습니다. 그들만이, 때로는 투덜대고, 때로는 봐주는 듯하고, 때로는 뽐내고, 때로는 슬픔에 젖고, 때로는 충격을 받고, 때로는 화내고, 때로는 삼촌 같은, 그 끈덕진 목소리에 귀머거리가 되었지요. 여성들을 홀로 내버려둘 수가 없는 그 목소리는 너무나 양심적인 가정교사처럼 그들을 늘 겨냥하고 있어야만 했지요. 그 목소리는 에저턴 브리지스 경처럼 여성들에게 세련되라고 엄명을 내리고, 시의 비평에 성의 비평을 끌어들이고[16], 추측건대 만일 여성들이 훌륭해져서 어떤 빛나는 상을 타고자 한다면 문제의 그 신사가 적절하다고 여기는 어떤 한계 내에 머물라고 다음과 같이 타이르지요. "……여성 소설가들은 오직 자신의 성의 한계를 용감하게 인정함으로써 탁월한 경지에 이르기를 열망해야 한다."[17] 이 말은 문제를 한마디로 요약하고 있습니다. 그런데 여러분들이 다소 놀라겠지만, 이 문장이 1828년 8월에 쓰인 것이 아니라 1928년 8월에 쓰인 것이라고 내가 이야기해준다면, 생각하건대 여러분은, 지금의 우리에게는 아

16 "(여성은) 형이상학적 목적을 갖고 있는데, 이것은 특히 여성에게 있어서 위험한 강박관념이다. 왜냐하면 여성에겐 수사학에 대한 남성들의 건강한 애정이 거의 없기 때문이다. 그 밖의 다른 면에서는 더 원시적이고 더 물질주의적인 여성에게 이것이 결핍되어 있다는 것은 이상한 일이다." —「새로운 기준」 1928. 6.(원주)

17 "만약 그 보고자처럼 여러분도 여성 소설가들이라는 자신의 성의 한계를 용감하게 인정함으로써만 탁월한 경지에 이르기를 열망해야 한다는 것을 믿는다면 (제인 오스틴은 이러한 태도가 얼마나 우아하게 성취될 수 있는가를 증명하였지요……)" —「전기와 서간집」 1928. 8.(원주)

무리 재미있다고 하더라도 한 세기 전에는 훨씬 더 단호하고 훨씬 더 시끄러웠던 널리 퍼진 어떤 견해를—나는 오래된 연못을 휘저으려 하지 않고 오직 우연히 내 발치에 떠내려온 것만 붙잡지요—그것이 대변해주고 있다는 데에 동의할 것입니다. 이 모든 비난과 꾸지람과 포상의 가능성을 무시한다는 것은 1828년에는 참으로 용감한 젊은 여성을 필요로 했을 겁니다. 누군가가 "오! 그러나 그들이 문학까지 돈으로 살 수는 없지. 문학은 모든 이에게 열려 있는걸. 나는 비록 당신이 대학 관리라고 하더라도 당신이 나를 잔디밭에서 쫓아버리도록 허락하는 것을 거부하지. 원하신다면 당신네들 도서관을 걸어 잠그시지. 그러나 당신네들이 내 마음의 자유에 달아놓을 수 있는 문이나 자물쇠나 빗장은 하나도 없지"라고 스스로에게 말한다면 그는 횃불을 든 선구자적인 데가 틀림없이 있었던 거지요.

낙담과 비판이 여성들의 글에 어떠한 영향을 끼쳤든 간에—그것이 커다란 영향을 미쳤다고 나는 믿지요—그들이 자신의 생각을 종이에다 옮기려고 할 때에 (나는 여전히 19세기 초반의 소설가들을 염두에 두고 있었지요) 그들에게 닥쳐온 다른 어려움과 비교하면 그것은 그리 중요하지 않았습니다. 그 어려움이란 그들 배후에는 어떠한 전통도 없었다는 것이며, 있다고 해도 너무나 짧고 너무나 부분적이어서 거의 도움이 되지 못했다는 것이지요. 우리가 여자라면, 우리는 어머니들을 통하여 거슬러 생각하게 되지요. 즐거움을 위해 위대한 남성 작가들에게로 가는 것은 얼마든지 할 수 있을는지 모르지만, 도움을 받기 위해 그들에게 가는 것은 무익한 노릇이었습니다. 램, 브라운, 새커리, 뉴먼, 스턴, 디킨스, 드퀸시는—그가 누가 되었든 간에—아직 여성을 도와주지 않았으니까요. 비록 그녀가 그들의 몇 가지 수법을 배워 자신의 용도에 그것을 적용했을는지는 모르지만 말입니다. 남자 마음의 무게, 속도, 보폭은 여자 마음의 그것과 너무나 달라서 그녀는 그에게서 실속 있는 그 어떤 것도 성공적으로 따올 수가 없습니다. 흉내쟁이가 너무나 멀리 떨어져 나와 있어서 정성들여 모방할 수가 없다는 것이지요. 아마 여성이 종이에 펜을 갖다 대면서 발견하게 되었을 첫 번째 일은 그녀가 이용할 수 있도록 준비되어 있는 공통의 문장이 없었다는 것이지요. 새커리, 디킨스, 발자크와 같은 모든 위대한 소설가들은 빠르면서도 추레하지 않고 표현력이 풍부하면서도 까다롭지 않은 자연스런 산문을, 공동 소유물이 되기를 그치지 않은 채 자신들만의 색조를 가지고 썼습니다. 그들은 당시에 널리 통용되던 문장에다 그 산문의 기초를 두었지요. 19세기 초반에 유행하던 문장은 뭔가 다음과 같은 식으로 되어 있습니다. "그들이 하는 일의 웅대함은, 멈추지 말고 계속 전진하라는 자신과의 논쟁이었다. 자신들의 기교를 발휘하고 진실과 아름다움을 끊임없이 산출해내는 일보다 더 고귀한 재미와 만족을 그들이 느낄 수 있는 것은 없었다. 성공은 노력을 재촉하고 습관은 성공을 용이하게 한다." 이것은 남성의 문장이며 그 뒤에서 우리는 존슨과 기본과 나머지 사람들을 볼 수 있지요. 그것은 여성이 사용하기에는 적합하지 않았던 문장이었습니다. 샬럿 브론테는 산문에 대한 온갖 눈부신 재능을 갖고서도 그 서투른 무기를 손에 쥐고는 비틀거리다가 쓰러졌지요. 조지 엘리엇은 그 무기를 가지고 거지 묘사에서 잔학 행위를 저질렀습니다. 제인 오스틴은 그 문장을 보고 비웃어버리고는 자신이 이용하기에 적당한, 완벽하게 자연스럽고 모양 좋은 문장을 고안해내었고 그것에서 결코 떠나본 적이 없지요. 그리하여 샬럿 브론테보다 못한 글재주를 가지고도 그녀는 무한히 더 많은 것을 표현해냈습니다. 실로 표현의 자유와 풍부함은 예술의 본질을 이루는 것이므로 그러한 전통의 결핍, 그러한 도구의 부족함과 부적당함은 여성들의 글에 막대한 영향을 미쳤음에 틀림이 없지요. 게다가 책이란 그저 끝과 끝을 붙여놓은 문장들로 만들어지는 것이 아니라, 어떤 이미지가 도움이 된다면, 회랑과 둥근 천장 모양으로 지어진 문장들로 만들어지는 것이지요. 그런데 이 모양새도 자신들이 이용하기 위해 자신들의 필요에서 남자들이 만든 것이지요. 문장이 여성들에게 맞지 않는 것처럼 서사시나 시극의 형식도 여성들에게 맞지 않는다고 생각할 이유가 있는 것입니다. 아니 여성이 작가가 되었을 쯤엔 오래된 문학 형식은 모두 단단해져 굳어 있었지요. 소설만이 그녀의 손안에서 부드러워질 수 있을 만큼 충분히 새로웠으며 이것이 아마 여성이 소설을 쓰게 된 또 다른 이유일 것입니다. 하지만, 이제 '소설'조차 (이 말의 불충분함을 표시하기 위해 나는 인용 부호를 달고 있지요) 모든 형식 중에서 가장 유연한 이 형식조차 그녀가 사용하기에 적절한 모양을 갖추고 있다고 누가 말할 수 있겠습니까? 의심의 여지 없이 우리는 여성이 자신의 사지를 마음대로 움직이게 되면 그 모양새를 부수고 자신을 위한 형태로 바꾸어놓고, 반드시 운문으로는 아니더라도 자신의 내면에 있는 시를 전달할 새로운 매개물을 마련하는 것을 보게 될 것입니다. 왜냐하면 여전히 출구가 허락되지 않은 것은 시이니까요. 그러고 나서 나는 계속 숙고해보았지요. 오늘날의 여성은 5막짜리 시극을 어떻게 쓸까요? ㅡ그녀는 운문을 사용할까요? ㅡ차라리 산문을 사용하지 않을까요?

그러나 이것은 미래의 여명에 놓여 있는 어려운 질문들입니다. 나는 이 문제들을 두고 떠나야 하지요. 그것들이 나로 하여금 강연 주제에서 이탈하여 길도 없는 숲속으로, 길을 잃고 십중팔구 들짐승에게 잡아먹히게 될 그런 숲속으로 헤매어 들어가도록 자극한다는 것이 오로지 그 이유라고 하더라도 말입니다. 나는 픽션의 미래라고 하는 대단히 암울한 주제를 끄집어내고 싶지 않으며 여러분도 내가 그렇게 하기를 원하지 않는다는 것을 확신합니다. 그래서 나는 잠시 여기서 멈추어서, 여성들에 관한 한 육체적 조건이 미래에서 수행해야 하는 커다란 역할으로 여러분의 주의를 끌고 가고자 합니다. 책은 어쨌든 우리 몸에 맞춰 조절되어야만 하지요. 그래서 누군가는 감히, 여성들의 책은 남성들의 책보다 더 짧고 더 집약되어 있어야 하며 긴 시간 동안 방해받지 않는 고정된 작업을 필요로 하지 않도록 꾸며져야 한다고 말할 것입니다. 왜냐하면 항상 방해하는 것이 있을 테니까요. 또한 두뇌에 영양을 공급하는 신경이 남성과 여성에 있어서 다르다고 보이는데, 만일 여성들에게 최선과 열심을 다하여 일하도록 하게 하고 싶다면 어떤 처우법이 그들에게 어울리는가를, 예를 들어 추측하건대 수백 년 전에 수도승들이 고안해낸 이 강의 시간들이 그들에게 적합한지 아닌지를 우리는 알아내야 하지요. 또한 일과 휴식의 어떤 교대 형식을 그들이 필요로 하는지를 알아내야 하는데, 휴식은 아무것도 하지 않는 것이 아니라 무엇인가를 하는 것, 뭔가 다른 것을 하는 것이라는 해석을 함께 내려야 하며, 덧붙여 그 다른 것이 어떤 것이 되어야 하는지도 찾아내야만 합니다. 이 모든 것들은 토의되어 밝혀져야만 하는데, 왜냐하면 그것이 여성과 픽션이라는 문제의 일부이기 때문이지요. 다시 책꽂이로 다가가며 나는 계속 물었습니다. 그러나 어디에서 여성이 해놓은 여성 심리에 대한 정교한 연구를 찾아볼 수 있을까요? 만일 축구를 못한다고 해서 여성들이 의사 개업을 하도록 허용되지 않는다면—

　다행히도 나의 생각은 이제 또 다른 전환점을 맞이하게 되었습니다.

제5장

　이렇게 길게 이야기하는 동안에 나는 마침내 현존 작가들의 책이 소장되어 있는 서가에 이르렀습니다. 여성이 쓴 책이 이제는 남성이 쓴 책만큼 많으니까 여성 작가와 남성 작가의 책이라고 해야겠지요. 아니, 아직 그것이 전부 사실이 아니라고 하더라도, 즉 남성이 여전히 수다스러운 성이라고 하더라도 여성이 더 이상 소설만을 쓰지는 않는다는 것은 틀림없는 사실이지요. 그리스 고고학에 대한 제인 해리슨[1]의 책들이 있고, 미학에 대한 버넌 리[2]의 책들, 그리고 페르시아에 대한 거트루드 벨[3]의 책들이 있습니다. 한 세대 전만 해도 어떤 여성도 손댈 수가 없었을 온갖 종류의 주제에 대한 책들이 있습니다. 시와 희곡과 비평서도 있지요. 역사서와 전기들, 여행서와 학문 연구서들이 있고 심지어 몇 권의 철학서와 과학과 경제학에 대한 책들까지 있습니다. 그리고 소설이 우세하다고 하더라도 다른 종류의 책들과 관련을 맺음으

1　1850~1928, 영국의 고전학자.
2　1856~1935, 바이올렛 패짓의 필명. 영국의 언어학자, 미술비평가, 작가.
3　1868~1926, 영국의 고고학자, 여행가, 공무원.

로써 소설 자체가 아주 바뀌었을는지도 모릅니다. 여성 글쓰기의 자연적 소박함, 서사 시대는 사라졌는지도 모르지요. 독서와 비평은 그녀에게 더 넓은 시야와 더 섬세한 예민함을 부여했을 테니까요. 자서전에 대한 충동도 다 소비되어 없어졌는지도 모르지요. 그녀는 자기 표현의 수단으로서가 아니라 하나의 예술로서 글쓰기를 시작하고 있는지도 모르니까요. 우리는 이 새로운 소설들 속에서 그러한 몇 가지 질문에 대한 답을 찾을 수 있을 것입니다.

나는 닥치는 대로 그 책들 중의 하나를 꺼냈습니다. 그것은 서가의 맨 끝에 있었는데 『인생의 모험』 아니면 그 비슷한 제목으로 메리 카마이클이 썼으며 바로 이번 시월에 출판된 것이었습니다. 그것은 그녀의 처녀작인 것 같다고 나는 혼자 말했지요. 그러나 우리는 그 책을, 그것이 이제까지 우리가 훑어본 그 모든 다른 책들을, 즉 윈칠시 부인의 시와 애프라 벤의 희곡과 네 명의 위대한 소설가들의 소설을 계속 이어나가는 꽤 긴 연속물의 마지막 한 권인 양 읽어야 하지요. 왜냐하면 우리가 책들을 따로따로 판단하는 습관에도 불구하고 책들은 서로서로를 계속 이어나가기 때문입니다. 나는 또한 그녀를 ─ 이 알려지지 않은 여성을 ─ 그들의 상황을 이제까지 훑어보았던 그 모든 다른 여성들의 후예로 생각해야 하며, 또 그녀가 그들의 특징과 제한으로부터 무엇을 물려받고 있는지를 알아보아야 하지요. 그래서 한숨을 쉬며 ─ 왜냐하면 소설은 종종 해독제가 아닌 진통제를 주어, 타오르는 횃불로 우리를 분발시키는 대신에 무감각한 선잠으로 미끄러져 들어가게 하기에 ─ 나는 메리 카마이클의 첫 소설, 『인생의 모험』에서 내가 할 수 있는 만큼 이해하고자 공책과 연필을 들고 자리를 잡고 앉았지요.

우선 나는 그 책의 한 페이지를 위아래로 훑어보았습니다. 그리고 말하였지요. 파란 눈이니 갈색 눈이니 하는 것으로 그리고 클로이와 로저 사이에 있을 수도 있는 어떤 관계라는 것으로 내 기억력을 채우기 전에, 먼저 나는 그녀의 문장 사용법을 터득하려고 한다고 말입니다. 그녀가 펜을 들었는지 곡괭이를 들었는지를 내가 결정하였을 때에 그런 것을 다룰 시간이 있을 것입니다. 그래서 나는 한두 문장을 내 혀 위에다 시험해보았지요. 이내 곧 무엇인가가 완전히 정돈되어 있지는 않다는 것이 분명해졌습니다. 한 문장 뒤의 또 한 문장의 매끄러운 활주가 차단되었던 것이지요. 무엇인가 찢기고 무엇인가 긁혔지요. 여기저기 홀로 떨어진 단어가 내 눈에다 그 불빛을 반짝였습니다. 옛 희곡에서 말하듯이 그녀는 '손을 떼고' 있었지요. 그녀는 불이 붙지 않을 성냥을 그어대는 사람과 같다고 나는 생각하였습니다. 그런데 제인 오스틴의 문장들이 당신에게는 왜 적절하지가 않을까요? 하고 나는 그녀가 내 앞에 있기라도 한 듯이 물었습니다. 에마[4]와 우드하우스 씨[5]가 죽었다고 그 문장들도 모두 부스러기로 만들어버려야만 됩니까? 일이 그렇게 되다니 슬프도다 하고 나는 한숨을 쉬었지요. 왜냐하면 모차르트가 이 노래에서 저 노래로 변해가듯 제인 오스틴도 이 멜로디에서 저 멜로디로 음조가 변해가는 반면에, 그녀의 글을 읽는다는 것은 갑판이 없는 작은 배를 타고 바다에 나가 있는 것과 같았기 때문이지요. 위로 올라갔다 아래로 가라앉았다만 하였지요. 이러한 간결함, 이렇게 오래 못 가 숨이 가빠지는 것은 그녀가 무엇인가 두려워했다는 것을 의미할는지도 모릅니다. 아마 '감상적'이라고 불릴까 두려워했는지도

4 제인 오스틴의 소설 『에마』의 여주인공.
5 에마의 아버지.

모르고, 아니면 여성들의 글이 꽃같이 화려하다고 간주되는 것을 기억하고는 과다한 가시들을 공급하고 있는지도 모르지요. 그러나 어떤 장면을 세심하게 읽고 나서야 비로소 그녀가 자기 자신이 되어 있는지 다른 사람이 되어 있는지를 나는 확신할 수 있을 것입니다. 아무튼 좀 더 자세히 읽어보니 그녀는 우리의 활력을 떨어뜨리지 않는다고 생각되었습니다. 그러나 그녀는 너무 많은 사실들을 토해내고 있어서 이 정도 크기의 책에서라면 그것들의 반도 사용할 수가 없을 것입니다(그 책은 『제인 에어』의 반 정도의 길이였지요). 그러나 어떤 수단을 써서인지 그녀는 우리 모두를—로저, 클로이, 올리비아, 토니, 빅엄—강을 따라 올라가는 카누에 타도록 하는 데 성공하였지요. 나는 의자에서 뒤로 기대며 잠깐만 기다리라고 말했습니다. 더 앞으로 나아가기 전에 문제 전체를 좀 더 주의 깊게 살펴보아야 하니까요.

메리 카마이클이 우리에게 어떤 속임수를 쓰고 있는 것이 거의 확실하다고 나는 스스로에게 말했습니다. 왜냐하면 스위치백 철로에서 열차가 예상되는 대로 아래로 내려가는 건가 하면 대신에 다시 위로 꺾어 올라갈 때에 느끼는 것과 같은 기분을 느끼니까요. 메리는 예측되는 연결 순서를 마음대로 변경하고 있지요. 처음에 그녀는 문장을 깨뜨렸고 이제는 연결 순서를 깨뜨렸습니다. 좋지요, 그녀가 깨뜨리기 위해서가 아니라 창조하기 위하여 이 두 가지 일을 하는 것이라면 그녀는 그 일을 할 모든 권리를 가지고 있으니까요. 그것이 둘 중에 어느 쪽인지 그녀가 어떤 상황을 가지고 스스로를 직시할 때까지는 확신할 수 없습니다. 나는 말했지요. 그 상황이 어떤 것이 될 것인가를 선택할 자유를 그녀에게 주겠다고요. 내킨다면 그녀는 그 상황을 양철 깡통과 낡은 주전자로 만들 것입니다. 그러나 그녀 스스로 그것이 하

나의 상황이라고 믿고 있다는 것을 그녀는 나에게 납득시켜야
만 하며, 게다가 그 상황을 만들었을 때는 그것과 직면해야만 되
지요. 그녀는 뛰어넘어야 한다는 것입니다. 그래서 만일 그녀가
나로 인해 작가로서의 의무를 다한다면 나도 그녀로 인해 독자
로서의 의무를 다하리라 결심하고 그 페이지를 넘기고 읽었지
요…… 이렇게 갑작스레 중단해서 미안합니다. 남자들은 여기에
한 명도 없지요? 저쪽 붉은 커튼 뒤에 차트리스 바이런 경이 숨
어 있지 않다고 약속할 수 있습니까? 우리 모두 여자들뿐인 것이
틀림없습니까? 그렇다면 여러분에게 말해도 되겠지요. 내가 읽
은 바로 그다음의 말은 이런 것이었다고 말입니다 — "클로이는
올리비아를 좋아했다" — 놀라지 마십시오. 얼굴을 붉히지도 마
십시오. 이러한 일들이 가끔 일어난다는 것을 우리들만 모인 이
자리에서 인정합시다. 가끔 여자들은 여자를 좋아합니다.

"클로이는 올리비아를 좋아했다"를 읽었습니다. 그러자 거기
에 얼마나 커다란 변화가 생겼는가 하는 생각이 문득 떠올랐습
니다. 문학사상 아마 처음으로 클로이는 올리비아를 좋아했을 겁
니다. 클레오파트라는 옥타비아를 좋아하지 않았지요. 만약 그녀
가 그렇게 하였다면 『안토니와 클레오파트라』는 완전히 바뀌었
을 것입니다! 실제는 그렇지 않았으므로 『인생의 모험』에서 잠
시 벗어나서 생각해보건대, 그 작품 전체가 (감히 말해본다면)
어처구니없이 단순화되고 상투적으로 되어버렸지요. 옥타비아
에 대한 클레오파트라의 유일한 감정은 질투지요. 그녀는 나보
다 키가 더 큰가? 그녀는 머리 손질을 어떻게 할까? 그 희곡은 아
마 그 이상을 요구하지 않았을 겁니다. 그러나 그 두 여자의 관계
가 더욱 복잡해졌더라면 그 작품이 얼마나 재미있었을까요. 여자
들 사이의 이런 모든 관계들이 너무 단순하다고, 픽션 속 여인들

을 전시해놓은 근사한 화랑을 순식간에 회상하며 생각하였습니다. 너무나 많은 것이 생략되고 또 시도조차 되지 않았지요. 나는 그동안 책을 읽는 과정에서 두 여자가 친구로 그려지고 있는 경우가 있었는가를 기억해내려고 노력하였지요. 『교차로의 다이애나』[6]에 그런 시도가 있습니다. 물론 라신과 그리스 비극에서 여자들은 비밀을 털어놓는 막역한 친구지요. 때때로 그들은 엄마와 딸의 관계이지요. 그러나 거의 예외 없이 여성들은 남성들과의 관계를 통해서 보이고 있습니다. 제인 오스틴의 시대까지 픽션 속의 모든 위대한 여자들은 다른 성에 의해 보일 뿐만 아니라 다른 성과의 관계를 통해서만 보였다는 것을 생각하니 이상하였지요. 그런데 그것은 여성의 삶 중에서 얼마나 작은 부분인가요. 그리고 남성이라는 성이 자신의 코 위에 걸쳐놓은 까맣거나 장미빛인 안경을 통하여 그것을 관찰할 때 남자들은 그 작은 부분조차 제대로 알지 못하지요. 아마 이래서 픽션 속의 여성들이 특이한 성격으로 나타나는데, 그녀는 놀랄 만큼 극단적으로 아름다우면서도 혐오스럽고, 천국 같은 선함과 지옥 같은 타락 사이를 왔다 갔다 하지요 ─ 왜냐하면 그녀의 연인인 남자가 자기의 사랑이 올라가고 가라앉는 대로, 순조롭거나 불행한 대로, 거기에 따라서 여성을 보기 때문이지요. 물론 이것이 19세기 소설가들에게는 해당되지 않습니다. 거기에서 여성은 이제 훨씬 더 다양해지고 복잡해졌습니다. 실제로 남성들로 하여금 차츰, 그 격렬함으로 인해 여자들을 다룰 수 없었던 시극을 버리고 좀 더 적절한 그릇으로서 소설을 고안하도록 인도해준 것은 아마도 여성에 관하여 글을 쓰고 싶다는 욕망이었을 것입니다. 그렇다고 하더라도

6 1885년에 출판된 조지 메러디스의 소설. 어울리지 않는 사람끼리 만난 결혼의 불행을 탐구한 연작집의 첫 작품.

심지어 프루스트의 글에서조차 분명히 남아 있는 것은 여성이 남성을 이해하는 데서와 마찬가지로 여성을 이해하는 데에 있어서 남성도 지독한 장애에 걸려 극히 편파적이라는 것이지요.

그 페이지를 다시 내려다보며 나는 계속 생각하였습니다. 또한 분명해지는 것은 남자들처럼 여자들도 가정생활에 대한 끊이지 않는 관심 외에도 다른 관심사를 가지고 있다는 것이지요. "클로이는 올리비아를 좋아했다. 그들은 실험실을 함께 쓰고 있었다……" 나는 계속 읽어나갔고 두 젊은 여성은 악성빈혈의 치료제로 보이는 간을 잘게 써는 데 몰두하고 있었다는 것을 발견하였지요. 비록 그들 중의 하나는 결혼을 하였고—내 말이 맞을 거라고 생각하는데요—두 명의 어린아이가 있었지만 말입니다. 물론 이런 모든 것들은 생략되어야만 했고, 따라서 픽션상의 여성의 빛나는 묘사는 지나치게 단순해지고 지나치게 단조로워졌지요. 예를 들어, 문학작품 속에서 남자들이 오로지 여자들의 연인으로만 그려지고 남자들의 친구나 군인, 사색가, 공상가로는 결코 그려지지 않는다고 가정해보십시오. 셰익스피어의 희곡에서 얼마나 작은 역할이 그들에게 할당되었을 것이며, 문학은 얼마나 상처를 입었을까요! 오셀로 같은 인물의 대부분과 안토니 같은 인물의 상당수는 아마 계속 존재하겠지요. 그러나 시저나 브루투스, 햄릿, 리어, 혹은 자크는 없었을 것이며 문학은 믿을 수 없을 정도로 빈곤해졌을 겁니다. 실로 문학이, 이제까지 여성에게 닫혀 있었던 문으로 인해 축적할 수 없을 정도로 빈곤해졌듯이 말입니다. 마음에도 없이 결혼하여, 방 하나에 갇혀 한 가지 일에만 붙들려 있는데, 극작가가 어떻게 그들을 충실히, 재미있게, 또는 진실되게 그려낼 수 있었겠습니까? 사랑이 유일하게 가능한 통역자였지요. 시인들은 실로 자신이 자진하여 '여성들을 증오하기로 한' 경우를 제외하고는 정열적이거나 신랄해질 수밖에 없었는데, 여성을 증오하기로 하는 경우는 대개 그 시인이 여성들에게 매력이 없었다는 것을 의미하였지요.

이제 클로이가 올리비아를 좋아하여 둘이서 실험실을 같이 쓴다면 — 이것은 덜 개인적이기 때문에 저절로 그들의 우정을 더 다양하고 더 오래가게 해주겠지요 — 메리 카마이클이 글 쓰는 법을 안다면 — 나는 그녀의 문체의 어떤 뛰어난 특성을 즐기기 시작하였지요 — 그녀가 방을 혼자서 쓴다면 — 이 점에 대해서는 나는 아주 확신하지 못하지요 — 그리고 그녀가 일 년에 자신의 것으로 오백 파운드를 가지고 있다면 — 그러나 이 점은 증명되지 않고 남아 있지요 — 그렇다면 대단히 중요한 무엇이 일어난 것이라고 나는 생각합니다.

왜냐하면 만약 클로이가 올리비아를 좋아하고 메리 카마이클이 어떻게 그것을 표현해낼지를 안다면, 그녀는 아직 아무도 들어가본 적이 없는 거대한 방에 횃불을 밝히는 셈이 되기 때문이지요. 그 방은 우리가 어디에 발을 디디는지도 모르는 채 촛불을 들고 위아래를 살피면서 들어가는 구불구불한 동굴처럼 온통 어슴푸레한 빛과 어두운 그림자뿐이지요. 나는 그 책을 다시 읽기 시작하여, 올리비아가 선반에 항아리를 얹고 그리고 집에 있는 아이들에게 갈 시간이라고 말하는 모습을 클로이가 어떻게 지켜보고 있었는가를 읽었지요. 그것은 세상이 시작한 이래 한 번도 보인 적이 없는 광경이라고 나는 감탄하여 외쳤습니다. 그리고 나도 또한 지켜보았지요. 대단한 호기심을 갖고 말이에요. 왜냐하면 나는 남성들의 변덕스러운 채색등을 켜지 않은 채 여성들이 홀로 있을 때, 천장 위의 나방 그림자 정도만큼이나 희미하게 그 형태를 드러내는, 그런 기록되지 않은 몸짓과 말해지지 않은 또는 반쯤 말해진 것들을 포착하고자 메리 카마이클이 어떻게 일을 시작하였는지 알고 싶었기 때문이지요. 그녀가 그 일을 해내고자 한다면 숨을 죽일 필요가 있을 것이라고 나는 계속 읽어가며 말했습니다. 왜냐하면 여자들은 배후에 어떤 뚜렷한 동기가 없는 어떠한 관심도 너무나 의심스러워하며, 자신을 숨기거나 억누르는 일에 너무나 끔찍할 정도로 익숙해져 있는지라 그들을 향하여 관찰하듯 돌려진 눈 하나의 깜박거림에도 사라져버리기 때문이지요. 나는 마치 메리 카마이클이 그 자리에 있는 듯이 그녀에게 말을 걸면서 생각하였습니다. 당신이 그 일을 해낼 수 있는 유일한 방법이란 무언가 딴 이야기를 하고, 계속 창밖을 내다보고, 그러고는 공책에 연필이 아니라 속기 중의 속기로 아직 거의 음절로 나뉘지 않은 말로, 올리비아가―수백만 년 동안이나 바위의 그늘 밑에 있어 왔던 이 유기체가―자기에게 빛이 비치는 것을 느끼고 낯선 음식―지식, 모험, 예술―이 자기 쪽으로 다가오는 것을 느낄 때에 무슨 일이 일어나는가를 적어놓는 것이지요. 그러자 올리비아는 낯선 음식들을 잡으려고 손을 뻗친다고, 책에서 눈을 떼며 나는 생각하였습니다. 그리고 극히 복잡하고 정교한 전체의 균형을 교란시키지 않으면서 새로운 것을 옛것에 흡수하기 위하여 그녀는 다른 목적을 위하여 고도로 발달된 자신의 재능을 온통 새롭게 결합하는 법을 고안해내야 한다고 생각하였지요.

그런데 슬프게도 나는 내가 하지 않으리라 결심했던 일을 하고 말았지요. 나는 생각 없이 슬그머니 나의 성을 칭찬하게 되었던 것이지요. '고도로 발달된', '극히 복잡한'―이런 말들은 부정할 수 없는 찬사의 어휘이며 자신의 성을 찬미하는 것은 언제나 수상쩍고, 종종 어리석은 일이 되기도 하지요. 더욱이 이 경우에 있어서는 어떻게 그 찬사를 정당화할 수 있겠습니까? 지도를 보고 콜럼버스가 아메리카 대륙을 발견했고, 콜럼버스는 여자였다고 말할 수는 없습니다. 사과를 들고 뉴턴은 중력의 법칙을 발견했고, 뉴턴은 여자였다고 말할 수는 없습니다. 또 하늘을 쳐다보고 비행기가 머리 위로 날고 있는데 비행기를 여자들이 발명했다고 말할 수도 없지요. 여성의 정확한 키를 잴 어떤 표시도 벽위에 없습니다. 좋은 엄마의 자질이나 딸의 헌신, 자매의 성실함, 혹은 가정부의 능력에 대해 갖다 댈 수 있는, 일 인치보다 더 작은 단위로 적절하게 나뉜 야드 도량법도 없습니다. 심지어 지금도 대학에서 등급이 매겨지는 여성은 거의 없지요. 육군, 해군, 무역, 정치, 외교 등 전문직에서의 커다란 시련도 여성들을 거의 시험해보지 않았지요. 여성들은 지금 이 순간에도 거의 분류되지 않은 채로 있지요. 그런 반면, 예를 들어 사람들이 홀리 버츠 경에 대하여 어떤 사람이 나에게 이야기해줄 수 있는 모든 것을 알기 원한다면 버크[7]나 더브렛[8]의 책을 펴 보기만 하면 됩니다. 그러면 나는 그가 이러이러한 학위를 받았고, 지주의 저택을 소유하고 있고, 상속자가 있으며, 국무 대신이었고, 캐나다에서 대영제국을 대표했으며, 그의 공적을 지워지지 않게 새겨놓은 일정한 숫자의 학위와 직책과 메달과 훈장을 받았다는 것을 알게 되지요. 오직 하나님의 섭리만이 홀리 버츠 경에 대하여 이것보다 더 많이 알 수가 있습니다.

그러므로 내가 여성들에 대해 '고도로 발달된', '극히 복잡한'이라고 말할 때 나는 내 말을 휘터커[9]나 더브렛의 책 또는 대학

---

7 존 버크(1787~1848), 영국 아이리쉬의 계보학자.
8 존 더브렛(1750~1822), 영국의 출판업자.
9 조셉 휘터커(1820~1895), 『휘터커 연감』을 쓴 영국의 작가, 출판인.

연감에서 검증할 수가 없습니다. 이러한 곤경에서 나는 무엇을 할 수 있을까요? 그래서 나는 책장을 다시 보았지요. 거기에는 존슨, 괴테, 칼라일, 스턴, 쿠퍼, 셸리, 볼테르, 브라우닝과 그 밖의 다른 많은 사람들의 전기가 있었습니다. 그래서 나는 자신들의 반대 성[10]인 어떤 여성들을 찬미하고, 얻으려 하고, 함께 살고, 신뢰하고, 사랑을 하고, 그들에 대해 글을 쓰고, 믿고, 그리고 그들에 대한 어떤 필요와 의존이라고 묘사될 수 있는 그런 것을 보여준 이 모든 위대한 남자들에 대하여 생각하기 시작하였지요. 이 모든 관계들이 절대적으로 플라토닉하였다고 나는 단언하지 않을 것이며, 윌리엄 조인슨 힉스 경은 아마 그것을 부정할 것입니다. 그러나 만일 우리가 이 탁월한 남자들이 이 관계에서 오직 위안과 아첨과 육체의 쾌락만을 얻었다고 주장한다면 그들을 대단히 부당하게 대우하는 셈이 될 것입니다. 그들이 얻은 것은 분명히 자신들의 성이 공급할 수 없는 그 무엇이었습니다. 그리고 더나아가, 시인들의 필시 열광적인 말을 인용할 것도 없이, 그것은 오직 반대 성만이 줄 수 있는 선물에 들어 있는 어떤 자극과 창조력의 부활이라고 정의한다 해도 경솔하지는 않을 것입니다. 나는 생각하였지요. 한 남자가 응접실이나 육아실의 문을 열면 그녀가 아마 아이들에 둘러싸여 있거나 자수품을 무릎 위에 올려놓고 있는 것을—아무튼 삶의 어떤 다른 질서와 체계의 중심을—발견할 것이고, 그러면 이 세계와 법정이나 하원 같은 자신의 세계와의 차이는 그의 기분을 상쾌하게 하고 원기를 북돋워줄 것입니다. 그러고는 아주 단순한 대화에서조차 자연스런 견해차가 뒤따르게 되어 그의 내면의 건조한 생각은 다시 비옥해질 것입니다. 또한 그녀가 자신의 것과는 다른 매개체를 가지고 뭔가를 창

10 여성을 가리킴.

120   제5장

조하는 것을 본다는 것은 그의 창조력을 소생케 하여, 그의 불모의 마음은 느끼지 못할 만큼 서서히 다시 무엇인가를 계획하기 시작하고 그리하여 그녀를 방문하려고 모자를 썼을 때는 자기에게 결여되었던 구절이나 장면을 찾게 될 것입니다. 존슨 같은 이들은 모두 트레일[11] 같은 여자가 있고 이와 같은 이유로 해서 그녀에게 매달리지요. 그래서 그 트레일이 이탈리아인 음악 선생과 결혼을 하자 존슨은 분노와 혐오로 반쯤 미치게 되는데 그것은 그가 스트리트엄에서의 유쾌한 저녁 시간들을 아쉬워한다는 것이 아니라 자기 삶의 빛이 '꺼져버릴 것' 같아서이기 때문이지요.

그리고 존슨 박사나 괴테, 칼라일 또는 볼테르가 될 필요도 없이 우리는, 이 위인들과는 사뭇 다른 식으로지만, 여성들에게서 이러한 복잡한 특성과 고도로 발달된 창조적 기능의 힘을 느끼게 되지요. 한 여성이 방으로 들어갑니다 — 그러나 영어의 자원이 꽤나 늘려서 쓰여지고 언어의 전체 비행편대가 불법으로 날아가 태어나야만 비로소 그녀는 자신이 방에 들어갈 때 무슨 일이 일어나는가를 이야기할 수 있을 것입니다. 그 방들은 완전히 다릅니다. 그것은 고요하거나 우레 같은 소리가 나고, 바다를 향해 열려 있거나 반대로 형무소 마당을 면하고 있고, 빨래가 걸려 있거나 오팔 보석과 비단으로 가득하고, 말총처럼 꺼칠꺼칠하거나 깃털처럼 부드럽지요 — 우리의 얼굴로 날아 들어오는 이렇게 극단적으로 복잡한 여성성의 힘을 알기 위해서는 어떤 거리든 그 거리 위의 아무 방이나 들어가 보기만 하면 되지요. 어떻게 그렇지 않을 수가 있겠습니까? 왜냐하면 여성들은 수백만 년 동안 내내 실내에 앉아 있었고, 따라서 지금쯤 바로 그 벽들에도 그들

---

11 헤스터 린치 트레일(1781~1821), 새뮤얼 존슨의 오랜 친구인 헨리 트레일의 부인으로 남편과 사별 후 재혼함.

의 창조력이 스며들어 있으며, 그 창조력은 벽돌과 회반죽의 수용량을 넘어 지나치게 여성들을 충전하였으므로 이제는 펜대와 화필과 사업과 정치에 이용되어야만 하기 때문이지요. 그러나 이 창조력은 남자들의 창의력과는 매우 다릅니다. 그리고 여성의 창조력은 몇 세기 동안의 철저한 훈련에 의해 얻어진 것이며 아무것도 그것을 대신할 수 없는 것이기에 그것을 방해하고 허비한다면 유감천만 한 일일 거라고 우리는 결론 내려야만 합니다. 여성이 남성처럼 글을 쓰고, 남성처럼 살고, 남성처럼 보인다면 유감천만 한 일일 것입니다. 왜냐하면 세상의 광활함과 다양함을 고려해볼 때 두 개의 성도 아주 불충분하다고 한다면 어떻게 우리가 하나의 성만을 가지고 일을 꾸려가겠습니까? 교육은 유사점보다는 차이점을 드러내고 강화해야만 되지 않을까요? 현재 상태로는 우리가 너무나 많이 유사하지요. 그리하여 어떤 탐험가가 돌아와서 다른 나뭇가지를 통해 다른 하늘을 바라보고 있는 다른 성들의 이야기를 들려준다면 인류에게 그것보다 더 크게 이바지하는 일은 없을 것입니다. 게다가 덤으로, 우리는 X 교수가 자신이 우월하다는 것을 증명하기 위해 측정 자를 가지러 뛰어가는 것을 바라보는 재미를 누릴 것입니다.

여전히 책에서 조금 떨어진 곳을 배회하면서 나는 생각하였습니다. 메리 카마이클은 단지 관찰자로서의 자신에게 알맞게 되도록 작업을 준비할 것이라고 말입니다. 나는 사실 그녀가 (내가 생각하건데) 소설가라는 부류 중에서 훨씬 덜 재미있는 분파, 즉 사색적인 소설가가 아닌 자연주의 소설가가 되려는 유혹을 받지 않을까 걱정이 됩니다. 그녀가 관찰할 새로운 사실들이 너무나 많긴 하지요. 그녀는 더 이상 중상류층의 고상한 집에 자신을 한정시킬 필요가 없을 테니까요. 그녀는 친절을 베풀거나 짐짓 겸손하게 굴지 않고 동료애를 갖고 고급 창부와 매춘부, 그리고 발바리를 가진 부인이 앉아 있는 작고 향수 냄새가 나는 방으로 들어갈 것입니다. 거기에 그들은 남성 작가들이 그들의 어깨에 억지로 갖다 입힌 조잡한 기성복을 입고 여전히 앉아 있습니다. 그러나 메리 카마이클은 가위를 빼 들고 각이 지거나 들어간 모든 부분에 딱 들어맞게 그 옷들을 잘라 입힐 것입니다. 이런 일이 일어나서 이 여자들을 있는 그대로 본다는 것은 진기한 광경일 것입니다. 그러나 우리는 잠시 기다리지 않으면 안 됩니다. 왜냐하면 메리 카마이클은 아직도 여전히 우리의 성적 만행의 유산인 '죄'에 직면하여 자의식으로 번민하게 될 것이기 때문입니다. 그녀는 여전히 계층을 나타내는 번지르르한 옛 족쇄를 차고 있을 테니까요.

그러나 대다수의 여성들은 매춘부도 고급 창부도 아니며, 여름철 오후 내내 먼지투성이의 우단 옷에 발바리를 끌어안고 앉아 있지도 않습니다. 그렇다면 그들은 무엇을 할까요? 그러자 내 마음의 눈에, 강의 남쪽 어딘가 수없이 많은 사람들이 살고 있는 집들이 무한히 열 지어 늘어선 긴 거리 중의 하나가 떠올랐습니다. 상상의 눈을 가지고 나는 아주 나이 많은 부인이 아마 자기 딸인 듯한 중년 여성의 팔에 의지하여 길을 건너고 있는 것을 보았지요. 두 사람 다 모양새 좋게 구두를 신고 모피를 두른 것을 보니 그 오후의 그들의 옷차림은 하나의 의식이었음에 틀림없고, 그 옷 자체는 해를 거듭하여 여름철 내내 방충제와 함께 벽장에 치워져 있었음에 틀림없지요. 그들은 매년 그래 왔던 것처럼 가로등에 불이 켜지기 시작할 때 (황혼 녘은 그들이 제일 좋아하는 시간이니까요) 길을 건넙니다. 그 노인은 여든 살에 가까웠지요. 그러나 누군가가 그녀에게 그녀의 삶이 자신에게 무엇을 의미하느냐고 묻는다면, 그녀는 발라클라바 전투를 위해 길거리에 불이 켜졌던 것을 기억하며 에드워드 7세의 탄생을 축하하기 위해 하이드 파크에서 축포가 터지는 소리를 들었다고 말할 것입니다. 그러나 누군가가 그 순간을 날짜와 계절로 꼭 집어 말하기를 몹시 바라면서, 그런데 1868년 4월 5일이나 1875년 11월 2일에 당신은 무엇을 하였느냐고 묻는다면, 그녀는 매우 멍한 표정을 지으며 아무것도 기억할 수 없다고 말할 것입니다. 왜냐하면 모든 저녁 식사 요리는 준비되었고 접시와 컵들은 다 설거지되었고 아이들은 학교에 가고, 그러고는 세상으로 나갔으니까요. 그 모든 것 중에서 남아 있는 것은 아무것도 없지요. 모두 사라져버렸습니다. 어떤 전기나 역사책도 그것에 대하여 일언반구도 없지요. 그리고 소설들은 그렇게 할 뜻은 없는데도 피할 수 없이 거짓말을 하고 있지요.

극히 불명료한 이 모든 삶들이 기록되지 않고 남아 있다고, 마치 메리 카마이클이 그 자리에 있기라도 한 듯이 그녀에게 말을 걸며 나는 이야기하였지요. 그러고는 머릿속의 런던 거리들을 죽 떠올려보았습니다. 손을 허리에 얹고 살이 쪄서 부어오른 손가락에 반지를 파묻듯이 끼고서는 길 모퉁이에서 셰익스피어 대사의 음률 같은 몸짓으로 이야기하고 있는 여인들에게서든, 혹은 제비꽃 파는 여자와 성냥팔이 여자 그리고 문간 아래 자리 잡고 있는 늙은 노파들에게서든, 혹은 남녀들이 밀려오고 가게 진열장 불빛이 깜박거린다는 신호를 알려주는, 해와 구름 섞인 하늘 아래의 파도 같은, 그런 얼굴을 가진 정처 없이 떠도는 소녀들에게서든, 이 모두에게서 묵언의 압력과 기록에 실리지 않은 삶의 축적을 상상 속에 느끼면서 말입니다. 당신은 횃불을 단단히 손에 쥐고 이 모든 것을 탐구해나가야 한다고 나는 메리 카마이클에게 말했습니다. 무엇보다도 당신은 당신 영혼의 깊은 곳과 얕은 곳 그리고 허영과 관대함을 함께 밝혀내야 합니다. 또한 당신이 아름답다 혹은 예쁘지 않다라는 것이 당신에게 무엇을 의미하는지를, 그리고 약제사의 병에서 새어 나와 옷감 가게들을 따라 흘러 나오는 희미한 향수 냄새에 에워싸인 채 인조대리석 바닥에서 위아래로 흔들거리는 장갑, 구두, 그리고 다른 비슷한 종류의 물건들이 끊임없이 변화하는 세계와 당신과의 관계는 무엇인지를 이야기해야만 하지요. 상상 속에서 나는 어떤 가게 안으로 들어 갔지요. 그곳은 까맣고 하얗게 바닥이 포장되어 있었고 놀랄 만큼 아름다운 색깔의 리본들이 걸려 있었지요. 메리 카마이클도 지나가면서 그것을 보았을 거라고 나는 생각하였지요. 그것은 안데스 산맥의 눈 덮인 봉우리나 바위투성이의 계곡만큼 글쓰기에 적합한 광경이니까요. 그리고 또한 거기에는 여점원이 있었는데 내가 그녀의 진실된 역사를 알려면, 나폴레옹의 백오십 번째 전기나, Z 노교수와 그 부류의 사람들이 지금 집필 중인 키츠의 밀턴적 도치법 이용과 키츠에 대한 일흔 번째의 연구서가 나올 때쯤은 되어야 할 것입니다. 그러고 나서 나는 발끝으로 가듯 매우 조심스럽게 (나는 굉장히 겁이 많아서 언젠가 한번 내 어깨에 거의 내려쳐질 뻔했던 채찍질을 그렇게도 무서워하고 있는 거지요) 메리 카마이클 또한 남성의 허영심을—글쎄요, 차라리 특이함이라고 할까요. 그것이 덜 공격적인 말이니까요—신랄하지 않으면서 일소에 부칠 수 있는 법을 배워야 한다고 중얼거렸지요. 왜냐하면 사람들의 뒤통수에는 스스로는 볼 수 없는 동전만 한 크기의 반점이 있기 때문이지요. 뒤통수에 있는 그 동전 크기의 반점을 기술해주는 것은 한 성이 다른 성에게 해줄 수 있는 훌륭한 일 중의 하나이지요. 여성들이 유베날리스의 논평과 스트

린드베리[12]의 비평으로 얼마나 많은 이득을 보았는지 생각해보십시오. 아득한 고대로부터 남자들이 어떠한 인간애와 명민함을 가지고 여성들에게 그 머리 뒤편의 어두운 곳을 지적해왔는지를 생각해보십시오. 만일 메리가 매우 용감하고 정직하다면 그녀는 남성의 뒤로 가서는 거기에서 발견한 것을 우리에게 말해줄 테지요. 한 여성이 동전 크기의 그 반점을 기술할 때까지는 전체로서의 남성을 진실되게 그려낼 수는 없는 일이니까요. 우드하우스 씨와 캐서번 씨[13]야말로 그런 크기와 성격의 반점들이지요. 물론 그렇다고 해서 이 말이 제정신을 가진 어떤 이가 그녀에게 계획적으로 조롱하고 조소하는 일을 계속하라고 충고하리라는 것은 아니지요—문학은 그런 정신으로 쓰인 것의 무익함을 보여주고 있으니까요. 진실되라고 우리는 말할 것이며, 그러면 그 결과는 놀라울 정도로 흥미롭지 않을 수가 없지요. 희극은 풍요로워질 수밖에 없고 새로운 사실들이 반드시 발견될 것입니다.

그러나 다시 책에다 눈을 떨어뜨려야 할 때가 되었지요. 메리 카마이클이 무엇을 쓸 것이며 무엇을 써야만 하는지를 궁리하는 대신에 메리 카마이클이 실제로 무엇을 썼는지를 살펴보는 것이 더 나을 테니까요. 그래서 나는 다시 읽기 시작하였습니다. 나는 내가 그녀에게 어떤 불만을 가지고 있다는 것을 기억해냈지요. 그녀는 제인 오스틴의 문장을 깨뜨렸고 그리하여 나의 흠잡을 데 없는 입맛과 까다로운 청각(음감)을 자랑할 기회를 전혀 내게 주지 않았지요. 그 두 사람 사이에는 어떠한 유사점도 없다는 것을 인정해야만 할 때 "그래, 그래, 이것은 정말 훌륭하군. 그러나 제인 오스틴은 당신보다 훨씬 더 잘 썼지"라고 말하는 것은 쓸데

---

12 1849~1912, 스웨덴의 극작가, 소설가.
13 조지 엘리엇의 『미들마치』에 나오는 남자 주인공.

없는 일이니까요. 그리고 나서 그녀는 더 나아가 연결 순서를—예측된 순서, 질서를—깨뜨렸지요. 아마 그녀는 여성이 여성처럼 글을 쓸 때 여성들이 흔히 하듯이 다만 사물에 자연적 질서를 부여하다가 무의식적으로 이런 일을 저질렀을 것입니다. 그러나 그 결과는 다소 당혹스러웠지요. 우리는 산더미처럼 높아지는 파도와 다음 모퉁이를 돌아 다가오는 위기를 볼 수 없었던 것입니다. 따라서 나는 내 감정의 깊은 맛과 인간 마음에 대한 나의 심오한 지식을 자랑할 수 없었습니다. 왜냐하면 내가 사랑과 죽음에 관하여 일상적인 장소에서 일상적인 것을 막 느끼려고 할 때마다 그 성가신 피조물은 마치 중요한 논점이 바로 조금 앞에 놓여 있기라도 하다는 듯 나를 홱 잡아당겼으니까요. 그리하여 그녀는 나로 하여금 '기본적인 감정', '인간의 공통된 자질', '인간 마음의 깊이'에 대한 낭랑한 문구와 우리가 겉으로는 아무리 영리하다고 하더라도 저 밑바닥에서는 매우 진지하고 심원하며 매우 인간적이라는 우리의 믿음을 지지해주는 문구를 당당하게 말하는 것을 불가능하게 하였지요. 반대로 그녀는 나로 하여금 우리는 진지하고 심원하며 인간적인 대신에 단지 나태한 마음뿐이며 게다가 관습적이라고—이 생각은 훨씬 매력이 없는 것이지요—느끼도록 하였지요.

하지만 나는 계속 읽어나갔고, 다른 사실들을 주목하게 되었습니다. 그녀는 '천재'가 아니었다—그것은 명백하였지요. 그녀는 그녀의 위대한 선배들, 즉 윈칠시 부인, 샬럿 브론테, 에밀리 브론테, 제인 오스틴, 조지 엘리엇의 자연에 대한 사랑이나 불같은 상상력, 열광적인 시상, 빛나는 기지, 혹은 사색적 지혜 같은 것은 아무것도 지닌 게 없었으니까요. 그녀는 또한 도로시 오즈번의 멜로디와 위엄을 가지고 쓸 줄도 몰랐으며, 실제로 그녀는 출판업자들에 의해 십 년만 지나면 의심할 바 없이 펄프가 될 그런 책들을 쓰는 영리한 소녀에 불과하였습니다. 하지만 그럼에도 불구하고 훨씬 더 대단한 재능을 지닌 여성들이 반 세기 전만 해도 결여되었던 어떤 유리한 점을 가지고 있었지요. 남성들은 그녀에게 더 이상 '반대당'이 아니었으니까요. 그녀는 남성들에 대항하여 악담하며 비난하는 데에 시간을 허비할 필요가 없었으며 지붕 위로 올라가 자신에게 허용되지 않았던 여행과 경험, 그리고 세상과 사람들에 대한 이해를 갈망하느라 마음의 평화를 망가뜨릴 필요가 없었지요. 두려움과 증오는 거의 사라졌지요. 아니면 그것의 흔적들이 자유의 기쁨을 다소 과장하는 데나, 남성을 다룰 때 낭만적이라기보다는 신랄하고 풍자적으로 나아가는 경향에서나 나타나고 있을 뿐이지요. 그 밖에 소설가로서 그녀는 높은 수준의 어떤 타고난 유리한 장점을 향유하고 있었지요. 그녀는 아주 폭넓고 열성적이고 자유로운 감수성을 지녔던 것이지요. 그것은 거의 감지할 수 없을 정도의 미세한 감촉에도 반응을 보였으며 야외에 새로 옮겨 심은 식물처럼 자신에게로 다가오는 모든 광경과 소리를 마음껏 즐겼습니다. 그것은 또한 거의 알려지지 않거나 기록되지 않은 사물들 사이를 매우 민감하게 그리고 호기심에 차서 배회하였으며 사소한 것들에 내려앉아서는 그것이 아마 결국은 사소하지 않을 것임을 보여주었습니다. 그것은 묻힌 것들을 드러내고 그것들을 매장해야 할 무슨 필요가 있었는지를 우리로 하여금 생각하게 하였지요. 그녀는 비록 서툴고, 새커리나 램이 최소한으로 펜대를 놀려도 그것이 귀에 즐겁게 들리도록 해주는 오랜 문학적 혈통을 무의식적으로 이어받지도 못하였지만—나는 생각하기 시작하였지요—그녀는 제일 위대한 교훈에 정통하게 되었지요. 즉 그녀는 여성으로서, 그러나 자신이 여성이라는 것을 잊어버린 여성으로서 글을 썼으며 그리하여 그녀가 쓴 페이지들은 성이 그 자체를 의식하지 않을 때에만 도래하는 진기한 성적 특성으로 가득 차 있습니다.

이 모든 것은 이익이 되었습니다. 그러나 어떠한 감각의 충만함이나 지각의 섬세함도 그녀가 찰나적이고 개인적인 것으로부터 넘어지지 않고 오래가는 건축물을 세울 수 없다면 아무 소용이 없을 것입니다. 나는 그녀가 어떤 '상황을' 직시할 때까지 기다리겠노라고 말했지요. 그 말의 의미는 나는 그녀가 단지 표면만 훑고 지나가는 것이 아니라 그 아래의 심연까지 들여다보았다는 것을, 소환하고 손짓으로 불러들이고 모아들임으로써 그것을 증명할 때까지라는 것을 의미하는 것이지요. 어떤 순간에 그녀는 자신에게 말하겠지요. 이제는 어떤 극단적인 일을 하지 않으면서도 이 모든 것의 의미를 보여줄 수 있는 때가 왔다고 말입니다. 그리고 그녀는 소환하고 손짓하여 불러들이기 시작하였을 것이며—그 태동의 느낌은 얼마나 확실한 것인지요!—그러자 그녀의 기억 속으로, 반쯤은 잊혀지고 다른 장에서는 도중에 누락된 아마 매우 사소한 것들이 떠올랐을 겁니다. 그리고 그녀는 누군가 바느질을 하거나 담배를 피우는 동안 될 수 있는 한 자연스럽게 그것들의 현존이 느껴지도록 하였을 것이며, 우리는 그녀가 계속 써 내려감에 따라 마치 세상의 꼭대기에 올라가 세상이 그 아래에 매우 장엄하게 펼쳐져 있는 것을 본 것처럼 느끼겠지요.

아무튼 그녀는 그런 시도를 하고 있었습니다. 그리고 그녀가 시험을 위해 길게 늘여 쓰고 있는 것을 지켜보면서, 그녀에게 경고와 충고를 큰 소리로 외쳐대는 주교들과, 수석 사제, 박사, 교수, 가장, 교육자 들을 나는 보았지만, 그러나 그녀는 그들을 보지 않기를 바랐습니다. 당신은 이것을 할 수 없고 저것은 해서는 안 됩니다. 대학 연구원들과 학자들만이 잔디밭에 들어갈 수 있습니다. 소개장 없이는 여자들은 들어갈 수 없습니다. 포부를 지닌 우아한 여성 소설가들은 이쪽으로 오십시오. 그렇게 그들은 경마장의 관객들이 경마로의 장애물에 쏠리듯 그녀에게 늘 쏠려 있었으며 오른쪽이나 왼쪽으로 눈을 돌리지 않고 자신의 장애물을 받아들이는 것이 그녀의 시련이었지요. 당신이 저주하기 위해 멈춰 선다면 당신은 패배하는 것이라고 나는 말하였지요. 비웃기 위해 멈추는 것도 마찬가지라고 했지요. 망설이거나 머뭇거리기만 해보십시오. 그러면 당신은 끝장입니다. 오로지 뛰어넘는 것만을 생각하십시오, 하고 나는 마치 내 재산 전부를 그녀 등에 건 것처럼 애원하였습니다. 그러자 그녀는 한 마리 새처럼 그것을 뛰어넘었습니다. 그러나 그 너머에 다른 장애물이 있고 그것 너머에 또 하나의 장애물이 있었지요. 그 박수 치고 외치는 소리가 신경을 소모시키고 있었으므로 그녀가 인내력을 가졌는지 아닌지 나는 의심이 갔습니다. 그러나 그녀는 최선을 다하였지요. 메리 카마이클이 천재가 아니었고 시간과 돈과 한가함 같은 바람직한 것들을 충분히 지니지도 못한 채 침실 겸 거실에서 자신의 처녀작을 쓴 무명의 어린 여성이었다는 것을 고려할 때 그녀가 그렇게도 형편없지는 않았다고 나는 생각하였습니다.

마지막 장을 읽으며 나는 그녀에게 또 다른 백 년을 주십시오, 라고 결론을 내렸습니다―사람들의 코와 벗은 어깨가 별이 총총한 하늘을 배경으로 환히 보였는데 누군가 거실의 커튼을 잡아당겼던 것이지요―그녀에게 자기만의 방을 주고 일 년에 오백 파운드를 주십시오. 그리고 자신의 마음을 말하게 하고 그녀가 지금 쓴 것의 절반을 생략하도록 하십시오. 그러면 그녀는 조만간 더 나은 책을 쓸 것입니다. 나는 메리 카마이클이 쓴 『인생의 모험』을 책장의 맨 끝에다 꽂으며 말했지요. 그녀는 시인이 될 것이라고. 또 다른 백 년이 지나면 말입니다.

제6장

다음 날이 되자 시월 아침의 햇살이 커튼을 치지 않은 창문을
통해 들어와 먼지가 뿌연 빛줄기가 되어 내렸고, 웅웅거리는 차
소리는 길거리로부터 점점 크게 들려왔습니다. 런던은 이제 다시
긴장하기 시작했으며 공장이 움직이고 기계들이 돌아가기 시작
하였지요. 앞서의 모든 독서를 하고 난 후 창밖을 보면서 1928년
10월 26일 아침에 런던은 무엇을 하고 있는지를 알아본다는 것
은 유혹적인 일이었습니다. 그런데 런던은 무엇을 하고 있었을까
요? 그 누구도 『안토니와 클레오파트라』를 읽고 있지는 않는 듯
합니다. 런던은 셰익스피어의 희곡에 완전히 무관심한 듯이 보
였지요. 아무도—그들을 비난하는 것은 아니지요—소설의 미
래나 시의 죽음에 대해 또는 보통의 여성들이 자신의 마음을 완
벽하게 표현해주는 산문체를 발전시켜 나가는 일에 대해 지푸라
기만큼이라도 상관을 하지 않는 듯했습니다. 만일 이러한 문제에
대한 의견들이 포장도로 위에 분필로 적혀 있었다고 하더라도
아무도 몸을 구부려 그것들을 읽지는 않았을 것입니다. 급히 서
둘러 가는 발길들의 무관심은 삼십 분 안에 그것들을 문질러 없

앴을 테지요. 심부름꾼 아이 하나가 다가왔고 개를 줄에 매어 끌고 가는 여자가 있습니다. 런던 거리의 매력은 아무도 똑같지 않다는 것이지요. 각자 나름대로의 사적인 자기 일에 매여 있는 듯하니까요. 작은 가방을 든 사업가 비슷한 사람들이 있습니다. 지하실 출입구 난간을 막대기로 덜거덕 소리가 나게 두드리며 떠도는 이들도 있습니다. 길거리가 클럽의 회원실 역할을 해주는 사근사근한 사람들도 있었는데 그들은 마차를 탄 사람들에게 큰소리로 환호하였으며 청하지도 않는데 새로운 정보를 이야기해주지요. 또한 자신의 육체도 사라져버릴 거라는 것을 갑자기 기억한 남자들이 모자를 들어 경의를 표하는 장례 행렬도 있습니다. 그러자 매우 출중한 신사 한 분이 천천히 현관 계단을 내려오더니 부산을 떠는 어떤 부인네와 부딪치지 않으려고 잠시 멈춰섰는데, 그 여자는 무슨 수단을 썼는지 화려한 모피 코트와 한 다발의 파르마 제비꽃을 손에 들고 있더군요. 그들 모두는 따로따로 자신만의 일에 도취되어 있는 듯하였습니다.

런던에서는 흔히 일어나듯이, 이 순간 통행이 완전히 잠잠해지고 정지해버렸습니다. 아무것도 길거리를 따라 내려오지 않았고 누구도 지나가지 않았습니다. 이파리 하나가 길거리 맨 끝에 있는 플라타너스 나무에서 떨어져 그 멈춤과 정지 속으로 떨어졌습니다. 어쩐지 그것은 하나의 신호, 즉 우리가 간과해버린 사물들 내면의 어떤 힘을 가리키는 신호 하나가 떨어지는 것 같았지요. 그것은 거리를 따라 모퉁이를 돌아서 보이지 않게 흘러가면서 사람들을 데리고 함께 소용돌이쳐 가는 어떤 강을 가리키는 듯하였지요. 옥스브리지의 강이 보트를 탄 대학생과 죽은 낙엽들을 데리고 간 것처럼 말입니다. 자, 이제 그것은 거리의 한쪽에서 다른 쪽으로, 즉 대각선으로 에나멜가죽 구두를 신은 한 소녀를,

자기만의 방   133

그러고는 밤색 오버코트를 입은 한 젊은 청년을 데리고 왔습니다. 그것은 또한 택시 한 대를 오게 했고 내 창문 바로 밑에, 즉 그 택시가 멈춘 그 지점에 이 세 가지를 모두 모아놓았습니다. 그 소녀와 젊은이는 발을 멈추었고 택시를 탔지요. 그러자 그 택시는 마치 어떤 흐름에 의해 어디론가 휩쓸려가듯 미끄러져 가버렸습니다.

그 광경은 평범하기 이를 데 없었는데 기이한 것은 나의 상상력이 거기에 부여하는 율동적인 질서라는 것과 두 사람이 같은 택시를 타는 그 평범한 광경이 그 두 사람 자신의 뭔가 외견상의 만족감을 전달해주는 힘을 가졌다고 하는 사실이었습니다. 그 택시가 돌아서 사라지는 것을 바라보면서, 두 사람이 길을 따라 내려와서는 모퉁이에서 만나는 그 모습은 무엇인가 긴장된 마음을 풀어주는 것 같다고 나는 생각하였지요. 어쩌면 내가 지난 이틀 동안 생각해온 것처럼 한 성을 다른 성과 구별하여 생각한다는 것은 힘든 일일지도 모릅니다. 그것은 마음의 통일성을 방해하지요. 이제 두 사람이 함께 만나 같은 택시를 타는 것을 봄으로써 그 힘든 일은 중단되었고 마음의 통일성은 회복되었습니다. 나는 창문에서 고개를 들어 안으로 향하면서 숙고해보았지요. 마음이라는 것은 참으로 매우 신비로운 기관인데 우리가 그것에 그렇게 전적으로 의존하고 있음에도 불구하고 그것에 대해 알려진 것은 아무것도 없다는 것이지요. 나는 왜 우리 몸이 명백한 이유로 인해 긴장하듯이 우리 마음에도 단절과 대립이 있다고 느끼는 걸까? 우리는 '마음의 통일성'이라는 것을 가지고 무엇을 의미하는 걸까 하고 따져보았습니다. 왜냐하면 확실히 우리 마음은 어떤 순간 어떤 곳에서라도 아주 강력한 집중력을 지닐 수가 있어서 어떤 단일한 존재 상태를 띠고 있지는 않는 듯하니까요. 예를 들어 우리 마음은 거리의 사람들과 자신을 떼어놓을 수 있으며 위층 창문에서 그들을 내려다보면서 자신을 그들과 별도로 생각할 수 있습니다. 아니면 예를 들어 어떤 뉴스가 크게 낭독되는 것을 들으려고 기다리는 군중 속에서처럼 우리 마음은 자발적으로 다른 사람들과 더불어 생각할 수도 있습니다. 글을 쓰는 여성은 자신의 어머니를 통하여 거슬러 생각한다고 내가 말한 적이 있었듯이 그것은 아버지와 어머니를 통하여 거슬러 생각할 수도 있습니다. 다시 말하지만 누군가가 여성이라면 그녀는 이를테면 화이트홀[1]을 따라 걸을 때에, 즉 그 문명의 당연한 상속자면서도 반대로 이질적이고 비판적인 모습으로 그 문명의 바깥에 있게 될 때에, 의식의 갑작스런 분열에 종종 놀라게 됩니다. 분명히 마음은 늘 그 초점을 바꾸고 세상을 다양한 관점으로 보게 합니다. 그러나 이런 마음 상태의 어떤 것은 비록 자발적으로 가지게 된 것이라고 할지라도 다른 마음 상태보다 덜 편안하지요. 그런 불편한 마음 상태에 계속 머물러 있으려면 우리는 무의식적으로 무엇인가를 억제하게 되고, 점차로 그 억압은 힘든 노력이 되지요. 그러나 아무것도 억제하도록 요구받지 않기 때문에 우리가 애쓰지 않고도 머무를 수 있는 마음 상태도 있을 겁니다. 아마 지금 이것이 그런 마음 상태의 하나일지도 모른다고, 창가에서 안으로 들어오며 나는 생각했습니다. 왜냐하면 그 두 사람이 택시를 타는 것을 보았을 때 내 마음은 확실히 마치 분열된 후에 다시 합해져 자연스런 융합을 이루는 것처럼 느껴졌기 때문입니다. 명백한 이유는 두 성이 서로 협력하는 것은 자연스러운 일이라는 것이지요. 우리는 남성과 여성의 결합이야말로 가장 큰 만족과 가장 완벽한 행복을 향해 나아가는 것이라는 이론을

1 런던의 중앙 관청가.

선호하는, 비합리적이라 할지라도 심오한 본능을 가지고 있지요. 그런데 두 사람이 택시 안으로 들어가는 광경과 그것이 나에게 제공하는 만족감은 나로 하여금 또한 육체상의 두 성에 대응하는 마음속의 두 성이 있는 것인지 그리고 그 마음의 두 성도 완벽한 만족과 행복을 얻기 위해 결합해야만 하는 것인지를 묻게 하였습니다. 그리고 나는 계속하여 우리 각자 안에 하나는 남성이고 하나는 여성인 두 가지의 세력이 우리를 관장해나가는 모습이 되도록 아마추어답게 영혼의 모형을 그려보았는데, 남성의 두뇌에서는 남성이 여성보다 우위를 차지하고 여성의 두뇌에서는 여성이 남성보다 우위를 차지하지요. 정상적이고 편안한 존재 상태란 그 둘이 함께 조화를 이루며 살고 영적으로 협동할 때지요. 우리가 남자라면 두뇌의 그 여성적인 부분이 여전히 작용해야만 하며 여성 또한 자기 내면의 남성과 왕래를 해야만 합니다. 콜리지가 위대한 마음은 양성적이라고 말했을 때 그는 아마도 이러한 것을 의미하였을 것입니다. 마음이 완전히 비옥해지고 제 기능을 모두 활용하게 되는 것은 바로 이러한 융합이 일어날 때지요. 아마도 순수하게 남성적인 마음은 순전히 여성적인 마음이나 마찬가지로 창조를 할 수가 없을 것이라고 나는 생각하였습니다. 하지만 여기서 멈춰서 한두 권의 책을 봄으로써 여성적-남성, 또 반대로 남성적-여성이 무엇을 의미하는지를 조사해보는 것이 타당할 것 같습니다.

콜리지가 위대한 마음은 양성적이라고 말했을 때 그것이 여성과 특별한 공감대를 가진 마음, 즉 여성들의 주장을 받아들이거나 여성을 설명하는 일에 헌신하는 마음을 의미하는 것은 확실히 아니었습니다. 아마 양성적인 마음은 단성적인 마음보다 이러한 구별들을 하는 경향이 더 적을 것입니다. 아마도 콜리지는 양성적인 마음은 공명과 침투성이 좋다는 것을, 즉 그런 마음은 걸림이 없이 감정을 전달한다는 것을, 또 그런 마음은 자연스럽게 창조적이며 백열광을 발하고 분열되어 있지 않다는 것을 의미하였을는지도 모릅니다. 사실상 양성적인, 여성적-남성 마음의 전형으로서 우리는 셰익스피어의 마음을 꼽을 수 있습니다. 비록 셰익스피어가 여성을 어떻게 생각하였는지는 말하기가 불가능하지만 말입니다. 만약 어떤 마음이 성을 특별나게 혹은 분리시켜 생각하지 않는 것이 완전히 발달된 마음의 징표 중 하나라는 것이 사실이라면 예전의 그 어느 때보다 오늘날은 그런 마음 상태에 도달한다는 것이 얼마나 어려운 일인지요! 여기서 나는 현존 작가들의 책에 이르러 멈추어 서서 이 사실이야말로 오랫동안 나를 어리둥절하게 해온 것의 뿌리에 놓여 있는 것이 아닌가 하고 생각하였습니다. 그 어떤 시대도 우리 시대만큼 귀에 거슬릴 정도로 성을 의식하지는 않았을 것입니다. 영국 박물관에 있는, 남성들이 여성들에 대해 쓴 그 무수한 책들이 그 증거이지요. 여성 투표권 운동은 의심할 바 없이 비난받아야 합니다. 그 운동은 남성들의 마음에 엄청난 자기 주장에의 욕망을 일으켰음에 틀림이 없으며, 또한 그것은 남성들로 하여금 자신들이 도전받지 않았다면 생각하는 수고조차 하지 않았을 자신들의 성과 그 특징을 힘주어 말하게 하였음에 틀림없으니까요. 그리고 한 남성이 검은 보닛 모자를 쓴 소수의 여성들에 의해서라도 도전을 받을 때는 만일 그가 이전에 도전을 받아본 적이 없다면 훨씬 지나치게 복수를 하게 되지요. 나는 아마 이것이 내가 이 책에서 발견했다고 기억하는 몇몇 특징을 설명해줄는지도 모른다고, 지금 생의 전성기에 있으며 비평가들로부터 분명히 좋은 평을 받고 있는 A 씨의 신작 소설을 꺼내면서 생각하였지요. 나는 그 책을 폈습니다. 실로 남성의 글을 다시 읽는다는 것은 즐거웠습니다. 여성들의 글을 읽은 후에 읽는 남성들의 글은 참으로 직설적이고 참으로 솔직하였지요. 그것은 그러한 마음의 자유와 인격의 자유분방함과 자신감을 나타내주지요. 우리는 결코 방해받은 적도 반대를 받아본 적도 없고 자기가 가고 싶은 길은 아무 데로든 뻗어나갈 수 있는 완전한 자유를 태어나서부터 누려온 이 잘 길러지고 잘 교육받은 자유로운 마음의 현존 속에서 육체적 안녕을 감지하게 됩니다. 그러나 한두 장을 읽고 나니 어떤 그림자가 책 위에 가로질러 드리워진 듯하였습니다. 그것은 직선으로 된 검은 막대기로 글자 'I'와 같은 모양을 한 그림자였지요. 나는 그 그림자 뒤의 풍경을 언뜻 보려고 이쪽저쪽으로 몸을 피하듯 움직이기 시작했지요. 그것이 나무인지 걷고 있는 여자인지 확실하지 않았습니다. 제자리로 돌아오면 줄곧 글자 'I'가 나를 맞았습니다. 나는 'I'에 싫증이 나기 시작했습니다. 비록 'I'가 매우 존경할 만한 'I'이고 정직하고 논리적이며 견과류처럼 단단하고 몇 세기 동안 우수한 교육과 영양 공급으로 세련되었긴 하지만 말입니다. 나는 그 'I'를 내 마음 깊은 곳으로부터 존경하고 찬탄합니다. 하지만—여기서 나는 무엇인가를 찾으려고 한두 페이지를 넘겼지요—가장 곤란한 일은 그 글자 'I'의 그림자 아래 모든 것이 안개처럼 형태가 없이 혼란스러웠다는 것이지요. 저것이 나무인가? 아니 그것은 여자군요. 그런데…… 그녀는 몸에 뼈가 없다고, 해변을 가로질러 오고 있는 피비를—이것이 그녀의 이름이었으니까요—바라보며 나는 생각하였습니다. 그러자 앨런이 일어났고 앨런의 그림자는 즉시 피비를 지워버렸습니다. 왜냐하면 앨런은 주목하고 있었고 그 주목하는 시선의 홍수 속에 피비는 담금질되었으니까요. 게다가 앨런은 정열이 있다고 나는 생각이 되었고, 그래서 어떤 위기가 임박해오고 있다는 것을 느끼면서 매우 빠르게 책장을 넘겨보았더니 그렇게 위기가 실제로 다가오고 있었습니다. 그것은 태양 아래 해변에서 일어났습니다. 그것은 아주 공공연히 또 매우 박력 있게 행해졌지요. 어떤 일도 그보다 더 외설스러울 수는 없었을 것입니다. 그러나…… '그러나'라는 말을 나는 너무 자주 하고 있군요. 계속해서 '그러나'라고 말할 수는 없는 노릇인데 말입니다. 그 문장을 어쨌든 마무리 지어야 한다고 나는 스스로를 힐책하였습니다. '그러나 나는 지루하군요'라고 그 문장을 끝낼까요? 그런데 왜 내가 지루해졌을까요? 부분적인 이유지만 그 'I'라는 글자의 지배력과 그것이 거대한 너도밤나무처럼 스스로의 그늘에다 드리우는 무미건조함 때문이지요. 어떤 것도 그곳에서는 자라날 수가 없습니다. 그리고 또 부분적으로는 더욱 불투명한 이유가 있었지요. 즉 A 씨의 마음에는 창조적 에너지 샘을 봉쇄하고 그것을 협소한 경계 안에 머무르게 하는 어떤 장애물, 방해물이 있는 듯했습니다. 그러자 옥스브리지에서의 오찬회와 담뱃재, 맹크스 고양이, 테니슨과 크리스티나 로제티를 뭉뚱그려 기억해보니 그 장애물은 어쩌면 거기에 놓여 있었던 것 같았지요. 그는 더 이상 피비가 해변을 가로질러 올 때 숨죽여가며 작은 목소리로 "대문가 꽃시계풀 덩굴에서 눈부신 눈물 방울 하나 떨어졌네"라고 노래하지 않고, 그녀 또한 앨런이 다가올 때 "내 마음은 물 머금은 어린 가지에 둥지를 튼 노래하는 한 마리 새와도 같네"라고 답송하지 않으니 그가 무엇을 할 수 있겠습니까? 대낮처럼 정직하고 태양처럼 논리적으로 그가 할 수 있는 일은 오로지 한 가지뿐이지요. 그리고 그는 그 일을 하지요. 그를 정당하게 평가하자면, 계속하여(책장을 넘기며 나는 말했지요) 반복 또 반복하면서 말입니다. 그러니 그것은, 내

이 실토의 끔찍한 성격을 눈치채며 덧붙이건대, 웬일인지 지겨워 보였지요. 셰익스피어의 외설은 우리의 마음속에 천 가지 다른 일을 뿌리째 뽑아놓음으로써 지루하다는 것과는 참으로 거리가 멀지요. 그런데 셰익스피어는 그 일을 즐거우려고 하는데 A 씨는 유모들이 말하듯 고의로 그 일을 합니다. 그는 항변으로 그 일을 합니다. 그는 자신의 우월함을 주장함으로써 다른 성의 평등함에 맞서 항의하고 있지요. 따라서 그는 만일 셰익스피어 역시 클러프 양과 데이비스 양을 알았더라면 아마 그러했을 것같이 어딘가에 걸리고 억제되고 자의식을 느끼게 되었지요. 의심의 여지없이 여성운동이 19세기가 아닌 16세기에 시작되었더라면 엘리자베스 시대의 문학은 지금 우리가 아는 것과는 사뭇 달랐을 것입니다.

그러면 이런 일이 도달하게 되는 내용인즉, 만일 우리 마음의 두 가지 면에 대한 이러한 이론이 유효하다면 오늘날의 남성성은 자의식적이 되었다는 것이지요. 다시 말하여 오늘날 남성들은 자기 두뇌의 남성적인 면만을 가지고 글을 쓰고 있지요. 여성이 그들의 작품을 읽는 것은 실수인 셈이지요. 그녀는 발견하지 못할 무엇을 필연적으로 찾으려고 할 테니까요. 우리가 가장 아쉬워하는 것은 암시력이라고, 비평가 B 씨의 책을 손에 들고 시작법에 대한 그의 소견을 매우 조심스럽게 매우 성실히 읽어가면서 나는 생각하였습니다. 그의 의견은 아주 훌륭하고 날카롭고 학식으로 가득 찼지요. 그러나 곤란한 점은 그의 감정이 더 이상 전달되지 않고 그의 마음이 여러 방으로 따로따로 분리되어 어떤 소리도 한 방에서 다른 방으로 전해지지 않는다는 것이지요. 이리하여 B 씨의 문장 하나를 마음속에 떠올리면 그것은 땅바닥에 털썩 떨어져 죽어버리지요. 그런 반면 콜리지의 문장을 마음에 떠올리면 그것은 폭발하여 온갖 종류의 다른 생각들을 낳지요. 그것이야말로 영원한 생명의 비밀을 지녔다고 말할 수 있는 유일한 종류의 글이지요.

그러나 그 이유가 무엇이든 간에 그것은 개탄해야 할 사실입니다. 왜냐하면 그것은—여기 나는 골즈워디 씨[2]와 키플링 씨[3]의 책들이 즐비해 있는 곳에 다다랐지요—위대한 현존 작가들의 가장 뛰어난 몇몇 작품에 어떤 사람들은 귀를 기울이지 않는다는 것을 의미하기 때문이지요. 어떻게 해봐도 여성은 비평가들이 그 작품 안에 들어 있다고 그녀에게 확신시키려 드는 영원한 생명의 샘을 그 안에서 발견할 수가 없으니까요. 그 작품들은 남성의 가치를 예찬하고 남성의 가치를 강요하고 남성의 세계를 묘사할 뿐만 아니라 그 책들에 침투해 있는 정서는 여성들에게는 불가해한 것입니다. "그것이 오고 있어. 점점 기세가 더해가고 있어. 머리 위에서 막 터지려고 해"라고 누군가 작품이 끝나기 한참 전부터 말하기 시작하지요. 그 그림은 늙은 졸리온의 머리 위에 떨어져 그는 충격으로 죽을 것이며 늙은 서기는 그의 시체를 두고 사망을 알리는 두서너 마디 말을 하고 템즈 강의 모든 백조들이 동시에 노래를 터뜨릴 겁니다. 그러나 그런 일이 일어나기 전에 여성은 급히 달아나 구스베리 덤불에 숨을 것입니다. 왜냐하면 남성에게는 그렇게 심오하고 그렇게 미묘하고 그렇게 상징적인 정서가 여성을 놀라게 하니까요. 등을 돌리는 키플링 씨의 장교들, '씨'를 뿌리는 그의 '파종자들', 홀로 자신들의 '일'에 임하고 있는 그의 '남성들'의 경우에서도 마찬가지인데 여성들은 마치 순전히 남성적인 떠들썩한 향연을 엿듣다가 잡힌 것

2 존 골즈워디(1867~1933), 1932년 노벨 문학상을 받은 영국의 소설가, 극작가.
3 조지프 러디어드 키플링(1865~1936), 1907년 노벨 문학상을 받은 영국의 소설가, 단편 작가, 시인.

처럼 이 모든 인용부호 안의 글자들에 얼굴을 붉힙니다. 사실인즉 골즈워디 씨도 키플링 씨도 그들 내면에 여성의 섬광을 지니고 있지를 않지요. 이리하여 그들의 모든 자질은, 일반화하여 말한다면, 여성에게는 조야하고 미숙해 보입니다. 그들은 암시력이 모자라지요. 그리고 어떤 책이 암시력이 부족할 때는 그것이 제아무리 세차게 마음의 표면을 친다고 할지라도 내면으로 꿰뚫고 들어갈 수는 없는 법이지요.

그러자 책을 꺼냈다가는 보지도 않고 다시 도로 집어넣는 안절부절못하는 기분으로, 가령 교수님들의 편지들이 (예를 들어 월터 롤리 경의 편지를 보십시오) 그 징조를 보이고, 이탈리아의 지도자들이 이미 구체화시키고 있는 자기 주장적인 순전한 남성다움의 시대가 도래하는 것을 상상해보았지요. 로마에서는 비길 데 없이 완벽한 남성성을 감지하고 깊은 인상을 받지 않을 수가 없었으니까요. 가차없는 남성성이 국가에 어떠한 가치를 지니든 간에 그것이 시 예술에 미치는 영향에 대해서는 의문을 제기할 수가 있습니다. 어찌 되었든 신문 보도에 따르면 이탈리아에서는 소설에 대한 모종의 염원이 있다고 합니다. '이탈리아 소설 발전시키기'를 목적으로 한 학술회 연구원들의 회의가 열렸답니다. '신분상 또는 재정, 산업, 파시스트 법인 분야에서의 저명 인사들이' 얼마 전 일제히 모여 그 주제를 논의하였고, "파시스트 시대는 곧 그것에 걸맞은 시인을 배출하리라"는 희망 사항을 담은 전문이 총통에게 타전되었지요. 우리 모두가 그 경건한 희망에 동참할 수도 있겠지만 인큐베이터에서 시가 나올 수 있는지는 의심스럽습니다. 시란 아버지뿐만 아니라 어머니도 있어야 하니까요. 두려운 일은 파시스트 시라는 것이 우리가 어느 소도시 박물관의 유리병에서 보게 되는 끔찍하고 가엾은 조산아가 되리라는 것이지요. 그런 괴물들은 결코 오래 살지 못한다고들 합니다. 누구도 그런 유의 비범한 괴물이 들판에서 풀을 뜯고 있는 것을 본 적이 없지요. 몸뚱어리 하나에 머리가 두 개인 것은 오래 살지 못하니까요.

그러나 비난을 하고 싶다면 이 모든 것에 대한 책임이 어느 한 성에 있지는 않지요. 그랜빌 경에게 거짓말을 한 레이디 베스버러와 그레그 씨에게 진실을 말한 데이비스 양 등 모든 선동가와 개혁가들에게 책임이 있지요. 성에 대해 의식하게 된 마음 상태를 초래한 모든 이들은 비난받아 마땅한데, 내가 어느 책에다 내 능력을 뻗쳐 발휘해보고자 할 때에 나로 하여금 그 책을 데이비스 양과 클러프 양이 태어나기 이전의 행복한 시대, 즉 작가가 마음의 양면을 균등히 활용했던 시대에서 찾도록 만드는 것도 바로 그들이지요. 우리는 그 당시의 셰익스피어에게로 돌아가야만 합니다. 셰익스피어는 양성적이었으니까요. 키츠, 스턴, 쿠퍼, 램, 그리고 콜리지도 그러했지요. 아마도 셸리는 무성無性이었지요. 밀턴과 벤 존슨은 내면에 너무나 많은 남성적인 허세를 지녔지요. 워즈워스와 톨스토이도 그러했지요. 우리 시대에는 프루스트가 양성적인데 아마 여성적인 성격이 조금 더 많다고 말할 수도 있지요. 그러나 그런 단점은 너무나 희귀해서 불평을 할 수가 없습니다. 그런 유의 혼합이라도 없이는 지성이 우세하게 되어 마음의 다른 능력들은 굳어지고 메마르게 되니까요. 그러나 나는 이것이 아마도 지나가버릴 일시적 국면이라는 생각으로 스스로를 위로하였습니다. 여러분에게 내 사고의 행로를 보여주겠다고 한 약속에 따라서 이제까지 내가 이야기해온 것의 많은 부분은 구식으로 보일 것입니다. 내 눈에는 타오르며 빛나는 것의 많은 부분이 아직 성년이 되지 않은 여러분들에게는 의심스럽게 보일 거니까요.

그렇다고 하더라도 내가 여기서 쓰고자 하는 첫 번째 문장은—방을 가로질러 책상으로 가서 '여성과 픽션'이라는 제목이 적힌 종이를 집어 들며 나는 말했지요—누가 되었든 글 쓰는 사람이 자신의 성에 대해 생각한다는 것은 치명적이라는 것입니다. 순전히 그리고 단순히 남성 또는 여성이 되는 것은 치명적이며 우리는 남성적 여성 또는 여성적 남성이 되어야만 합니다. 여성이 어떤 불평불만이든 그것을 조금이라도 강조하는 것, 정당하더라도 어떤 주장의 변론을 펴는 것, 어떤 식으로든 의식적으로 여성으로서 말하는 것은 치명적입니다. 그리고 '치명적'이라는 것은 언어상의 비유가 아니지요. 왜냐하면 그런 의식적인 편견을 가지고 쓰인 것은 반드시 없어질 운명에 처하게 되니까요. 그런 것은 더 이상 풍부하게 되지 않지요. 하루 이틀 동안 제아무리 빛이 나고 인상적이고 힘차고 대가의 작품다워 보인다고 할지라도 그런 것은 해 질 녘이 되면 반드시 시들어버려 다른 사람의 마음속에서 자라날 수가 없습니다. 창조의 행위가 완성될 수 있기 전에, 마음에서 여성성과 남성성 간의 모종의 합작이 일어나야만 하는 것이지요. 상반되는 것들 사이의 결혼은 신방에서의 절정을 이뤄야만 하지요. 작가가 자신의 경험을 완벽하게 충분히 전달하고 있다는 느낌을 우리가 얻으려면 마음 전체가 활짝 열려 있어야만 합니다. 자유가 있어야 하고 평화가 있어야만 하지요. 바퀴 하나도 삐걱거려서는 안 되며 희미하게 가물거리는 불빛이 있어서도 안 되지요. 커튼도 완전히 내려져야만 합니다. 일단 자신의 경험이 끝난 후에는 작가는 드러누워서 마음으로 하여금 어둠 속에서 결혼식을 치러내도록 해야 한다고 나는 생각하지요. 그는 무슨 일이 이루어지고 있는지 쳐다보거나 의문을 가져서는 안 되지요. 차라리 그는 장미 꽃잎을 떼거나 백조들이 강을 따라 유유히 떠다니는 것을 지켜보아야만 합니다. 그러자 나는 그 보트와 대학생과 낙엽을 실어 간 그 흐름을 다시 보았습니다. 그리고 그 남자와 그 여자가 길을 가로질러 오는 것을 보면서 그 택시가 그들을 실어 간 것을 생각해보았습니다. 또한 저 멀리 런던의 떠들썩한 차 소리를 들으며 그 흐름이 그들을 거대한 물결 속으로 쓸어가버린 것을 생각해보았습니다.

그러자 이쯤에서 메리 비튼은 말하기를 그만두었습니다. 그녀는 만일 소설이나 시를 쓰고자 한다면 여러분은 연 오백 파운드와 문에 자물쇠가 달린 방을 가질 필요가 있다고 하는 결론, 그 진부한 결론에 자신이 어떻게 하여 도달하였는지를 이제까지 여러분에게 이야기해온 셈입니다. 그녀는 자신이 이런 것을 생각하도록 만든 여러 상념과 인상들을 드러내놓으려고 애를 써왔던 것이지요. 그녀는 자신이 대학 관리의 팔에 맞닥뜨리고, 여기서 점심 식사를 하고 저기서 저녁 식사를 하고 영국 박물관에서 그림을 그리고 책꽂이에서 책을 꺼내고 창밖을 보던 일을 여러분도 같이 죽 따라가보도록 청하였던 것입니다. 그녀가 이 모든 일을 하고 있는 동안에 여러분들은 의심의 여지 없이 그녀의 결점과 약점을 관찰하고 이런 취약점들이 그녀의 견해에 어떤 영향을 미쳤는지를 판결하였을 것입니다. 여러분은 그녀에게 반론을 제기하고 여러분에게 좋다 싶은 대로 더 보태거나 빼거나 하였지요. 다 그래야만 하는 것이지요. 왜냐하면 이 같은 문제에 있어서 진실이란 다양한 잘못된 생각을 다 개진함으로써 얻어지는 법이니까요. 자, 이제 나는 너무나 명백하여 여러분이 간과할 수가 없는 두 가지의 비판을 미리 내다보면서 내 자신의 글을 마무리하려고 합니다.

여러분은 이렇게 말할는지도 모른다는 것입니다. 심지어 작가로서 한 성이 다른 성과 비교하여 나은 점에 대하여 어떤 의견도 피력된 적이 없다고 말입니다. 그것은 일부러 그렇게 한 것이지요. 왜냐하면 그런 가치 평가의 시대가 왔다고 하더라도—현재로는 여성들이 돈을 얼마나 가지고 있으며 방을 몇 개나 가지고 있나를 아는 것이 그녀들의 재능을 이론화하는 일보다 훨씬 더 중요한 일이지요—설사 그런 시대가 왔다고 하더라도 마음의 재능이든 성격의 재능이든 그 재능이라는 것은 설탕과 버터처럼 잴 수가 없는 것이라고 생각하기 때문입니다. 심지어 사람들을 등급으로 나누고 머리에 사각모를 씌우고 이름 뒤에다 칭호들을 붙이는 데에 숙련된 케임브리지에서조차도 잴 수가 없는 것이지요. 여러분이 휘터커의 『연감』에서 발견하는 '계층 순위표'조차 가치 질서를 대변해주지는 않는다고 생각하며, 바스 훈장을 단 사령관이 정신병원 원장 뒤를 이어 맨 마지막으로 정찬 회장에 걸어 들어갈 것이라고 가정하는 데에 어떤 믿을 만한 이유가 있다고도 생각하지 않습니다. 한 성을 다른 성과 그리고 한 가지 자질을 다른 자질과 적대시켜 싸우게 하는 이 모든 일들은, 즉 이 모든 우월성의 주장과 열등함의 전가라는 것은 인간 존재의 사립 학교 단계에 속하는 것이지요. 그 단계에서는 '편'이 갈라져 있어서 한편이 다른 편을 이겨야만 하며 연단으로 걸어 나가 교장 선생님이 친히 수여하는 현란하게 장식된 도자기를 상으로 받는 것이 가장 중요한 일이지요. 사람들은 성숙해감에 따라 편이라든가 교장 선생님이라든가 현란하게 장식된 도자기를 믿지 않게 되지요. 어쨌든 책에 관한 한 장점을 열거한 꼬리표가 떨어지지 않게 붙이는 일이 어렵다는 것은 널리 알려져 있습니다. 현재의 문학평론들이 그 판단의 어려움을 끊임없이 예증하고 있지 않습니까? 똑같은 책이 '이 위대한 책' 또는 '이 무가치한 책'이라는 두 가지 이름으로 불리지요. 예찬과 비난은 똑같이 아무것도 의미하지 않습니다. 아니, 가치를 재는 소일거리가 제아무리 즐겁다고 하더라도 그것은 일 중에서 가장 쓸모없는 일이며 그 측정 자들의 법령에 굴복한다는 것은 태도 중에서 가장 굴욕적인 태도입니다. 여러분이 쓰고 싶은 것을 쓰고 있는 한 그것이 중요한 전부이지요. 그것이 몇 세기 동안 중요한 것인지 아니면 몇 시간 동안만 중요한 것인지는 아무도 말할 수가 없습니다. 그러나 손에 은항아리를 들고 있는 교장 선생님이나 소맷자락에 몰래 측정 자를 숨기고 있는 어떤 교수님에게 경의를 표한다고, 여러분 비전의 머리카락 한 올이나 그 색조의 미묘한 차이라도 희생한다는 것은 가장 비열한 배반입니다. 이에 비한다면 인간의 재난 중에 가장 엄청난 것이라고 일컬어지곤 했던 부와 정조의 희생은 벼룩에 뜯긴 정도의 사소한 상처에 불과하지요.

다음으로 여러분은 이 모든 논의에서 내가 물질적인 것을 지나치게 중요시해오고 있다고 이의를 제기할는지도 모릅니다. 연오백 파운드라는 것은 심사숙고할 수 있는 힘을 상징하며 문의 자물쇠는 스스로 생각할 수 있는 힘을 상징한다고 하는 상징주의에 기댄 것이라고 관대하게 이해하면서도 여러분은 여전히 정신이란 그런 것들을 능가해야 하며 위대한 시인들은 종종 가난한 사람들이었다고 말하는지도 모릅니다. 그러면 시인을 만들어내는 데에 무엇이 필요한지를 나보다 더 잘 알고 있는 여러분의 문학 교수의 말을 인용해보기로 하지요. 아서 퀼러-쿠치 경은 이렇게 쓰고 있습니다.

"지난 백여 년 동안의 위대한 시인들은 누구일까? 콜리지, 워즈워스, 바이런, 셸리, 랜더, 키츠, 테니슨, 브라우닝, 아널드, 모리스, 로제티, 스윈번—우리는 여기서 멈추어도 될 것이다. 이들

중에서 키츠와 브라우닝과 로제티를 제외하고는 모두 대학 출신의 남자들이며, 이 셋 중에서 한창때 젊은 나이로 요절한 키츠만이 유일하게 잘살지 못한 시인이었다. 말하기에 잔인하고도 슬픈 일이긴 하지만 사실상 시에 대한 천재적 재능의 바람이 가난한 자와 부자에게 있어서 균등하게 불고 싶은 대로 분다는 이론은 거의 진실성이 없다. 엄연한 사실인즉, 이 열두 명의 시인 중에 아홉이 대학 출신이었으며 이러한 사실은 그들이 어떻게 해서든 영국이 제공할 수 있는 최고의 교육을 받을 수 있는 방편을 얻어냈다는 것을 의미한다. 엄연한 사실로서, 나머지 셋 중에서 브라우닝은 잘살았다는 것을 우리는 알고 있다. 만약 그가 유복하지 않았더라면 「사울」이나 『반지와 책』을 쓸 수 없었을 것이라는 의심을 나는 감히 제기한다. 러스킨의 아버지가 사업에서 번창하지 않았더라면 러스킨도 『근대 화가론』을 쓰지 못했으리라는 것과 마찬가지로 말이다. 로제티는 소소한 개인적 수입이 있었고 게다가 그림을 그렸다. 그러면 키츠만이 남게 되는데 운명의 여신은 존 클레어[4]를 정신병원에서 살해하고 제임스 톰슨[5]을 그가 낙담한 마음을 마취시키려고 복용한 아편으로 살해하였듯이 키츠를 젊은 나이에 죽게 하였다. 이것은 끔찍한 사실이지만 우리가 직면해야 하는 것들이다. 우리나라의 어떤 결함으로 인해 가난한 시인은 오늘날 쥐뿔만 한 기회도 갖지 못하고 지난 이백 년 동안에도 그러했다는 것은—그것이 나라 전체로서의 우리에게 아무리 치욕스러운 것이라고 하더라도—의심의 여지 없이 확실하다. 정말로—나는 십 년 세월의 상당한 부분을 약 삼백이십 개의 초등학교를 관찰하는 데 보냈다—우리가 민주주의에 대해 재잘

---

4 1793~1864, 영국의 낭만파 농부 시인.
5 1834~1882, 빅토리아 여왕 시대의 스코틀랜드 시인.

거릴지는 모르지만 실제로 영국의 가난한 아이가 아테네 노예의 아들보다 위대한 작품이 탄생되는 지적 자유에로 해방될 희망이 더 많이 있는 것은 아니다."[6]

그 누구도 문제의 요점을 이보다 더 명백하게 표현할 수는 없을 것입니다. "가난한 시인은 오늘날 쥐뿔만 한 기회도 갖지 못하고 지난 이백 년 동안에도 그러했다…… 영국의 가난한 아이가 아테네 노예의 아들보다 위대한 작품이 탄생되는 지적 자유에로 해방될 희망이 더 많이 있는 것은 아니다." 바로 이것이지요. 지적 자유는 물질적인 것에 의존하고 있습니다. 시는 지적 자유에 의존하지요. 그리고 여성들은 단지 이백 년 동안만이 아니라 역사가 시작된 이래로 줄곧 가난하였지요. 여성들은 아테네 노예의 아들들보다도 지적 자유가 더 없었던 것입니다. 따라서 여성은 시를 쓸 쥐뿔만 한 기회도 갖지 못했습니다. 이것이 바로 내가 돈과 자신만의 방을 그렇게도 강조한 이유이지요. 그러나 그들에 대해 우리가 더 알지 못해 유감인 그런 과거의 무명 여성들의 노고 덕택에, 그리고 묘하게도 두 전쟁 덕택에, 즉 플로렌스 나이팅 게일을 거실에서 빠져나오게 한 크림전쟁과 약 육십 년 후 보통의 여자들에게도 문을 열어준 유럽 전쟁 덕택에 이러한 해악들은 개선되어가는 중에 있지요. 그렇지 않았다면 여러분은 오늘밤 이 자리에 있지도 않았을 것이며 여러분이 일 년에 오백 파운드를 벌 가능성은, 지금도 여전히 불안정하다고 생각되지만, 극도로 미미하였을 것입니다.

그러나 여전히 여러분은 이렇게 이의를 제기할지도 모릅니다. 당신 말을 따르자면 여성들이 책을 쓴다는 것은 그렇게도 대단한 노력을 요구하고, 어쩌면 숙모를 죽게 할지도 모르며, 십중팔구

6 아서 퀼러-쿠치 경의 『글쓰기라는 예술』(원주)

오찬회에 늦도록 만들며, 어떤 아주 훌륭한 분들과 매우 심각한 논쟁을 일으키도록 할지도 모르는데 왜 당신은 여성들의 책 쓰기를 그다지도 중요하게 생각하느냐고 말입니다. 스스로 인정하듯이 내 동기는 얼마간은 이기적인 것입니다. 대부분의 교육을 받지 못한 영국 여성들처럼 나는 독서를 좋아합니다. 그것도 대량으로 책 읽기를 좋아하지요. 최근 들어 내 독서 메뉴가 다소 단조로워졌습니다. 역사책은 전쟁에 관한 것이 너무 많고 전기는 위대한 남자들에 대한 것이 너무 많으며 시는 내 생각으로는 빈약해지는 경향이 있으며 소설은—하지만 나는 현대 소설의 비평가로서의 무능력을 충분히 노출하였으므로 그것에 대해서는 더이상 말하지 않겠습니다. 그러므로 나는 여러분에게 아무리 하찮고 아무리 방대한 주제라도 망설이지 말고 온갖 종류의 책을 써보라고 부탁하고 싶습니다. 나는 여러분이 무슨 수를 써서라도, 여행을 하고 빈둥거리기도 하고 세계의 미래와 과거를 사색하고 책을 보고 몽상에 잠기며 길모퉁이를 어슬렁거리고 상념의 낚싯줄을 강물에 깊이 드리울 수 있기에 충분한 돈을 스스로 소유하게 되기를 바라는 바입니다. 왜냐하면 나는 결코 여러분을 소설에만 국한시키고 있지 않으니까요. 만일 여러분이 나의—그런데 나와 같은 이들이 수천 명이 있지요—말을 받아들인다면 여러분은 여행과 모험, 연구와 학문, 역사와 전기, 비평과 철학과 과학에 관한 책들을 쓰게 되겠지요. 그렇게 함으로써 여러분은 틀림없이 픽션 예술에 도움이 될 것입니다. 책들은 서로에게 영향을 끼치는 방식을 갖고 있으니까요. 픽션은 시와 철학과 볼을 맞대고 있음으로써 훨씬 더 나아질 것입니다. 게다가 여러분이 사포[7]

---

7 B.C. 610~580?, 그리스 시대 소아시아 레스보스섬에서 활동한 유명한 서정 시인.

와 무라사키 부인[8]과 에밀리 브론테와 같은 위대한 인물들을 고려해본다면 그들은 창시자일 뿐만 아니라 상속자라는 것과 여성들이 자연스럽게 써 내려가는 습관을 갖게 되었기에 그런 인물들이 존재하게 되었다는 것을 알게 될 것입니다. 따라서 시의 전주곡으로서도 여러분의 그러한 활동은 대단히 가치 있는 일이지요.

그러나 내가 이 기록과 메모들을 죽 되돌아보고 그 메모를 기록할 당시의 나의 일련의 생각들을 비판해보니 내 동기가 반드시 이기적인 것만은 아니었다는 것을 발견하게 됩니다. 이 논평들과 추론적 분석들을 꿰뚫고 있는 어떤 확신이 — 또는 어떤 본능, 직감일까요? — 흐르고 있는데, 훌륭한 책은 바람직한 것이며 훌륭한 작가는 그가 온갖 다양한 인간의 타락상을 보여준다고 하더라도 여전히 훌륭한 인간 존재라는 것이지요. 이리하여 내가 여러분에게 더 많은 책을 쓰라고 당부할 때 나는 여러분에게 자신의 이득과 그리고 세상 전체의 이득을 위한 일을 하라고 부추기고 있는 셈입니다. 이 본능 또는 믿음을 어떻게 정당화할지 나는 모릅니다. 철학적 단어들은 대학에서 교육을 받지 않은 사람들을 속이기 쉬우니까요. '실재reality'라는 것은 무엇을 의미할까요? 그것은 매우 불규칙하고 아주 믿을 만하지가 않은 무엇으로 보이는 것으로서 — 때로는 먼지투성이의 길가에서, 때로는 거리의 신문지 조각에서, 때로는 햇빛 속의 한 송이 수선화에서 발견되는 것 같습니다. 그것은 방에 모여 있는 한 그룹의 사람들을 밝게 비추고 그리고 어떤 한마디를 강하게 새기게 하지요. 그것은 별빛 아래 집을 향해 걷고 있는 사람을 압도하여 침묵의 세계를 언어의 세계보다 더 사실적인 것으로 만들고 — 그런가 하면 그것은 다시 시끌벅적한 피커딜리의 버스 안에서도 존재하지요.

8 979~1026, 『겐지의 이야기』를 쓴 일본 작가.

가끔은 또한 그것은 너무나 멀리 떨어져 있어서 우리가 그 특성이 무엇인지 식별하지 못하는 그런 형체에도 기거하는 것 같습니다. 그런데 그것은 자신이 손을 대는 것은 무엇이든지 간에 붙박아서 영원한 것으로 만들어놓지요. 이것이야말로 하루의 껍질이 울타리 밖으로 벗겨 던져질 때 남아 있는 것이며, 이것이야말로 과거의 시간과 우리의 사랑과 증오에서 남겨지는 부분입니다. 자, 그러니 작가는 다른 어떤 사람들보다도 이러한 실재의 현존 속에서 더 많이 살아갈 기회를 가지고 있다고 나는 생각합니다. 그 실재를 찾아내고 모아들이고 다른 사람들에게 그것을 전달하는 것이 작가의 임무이지요. 『리어왕』과 『에마』 또는 『잃어버린 시간을 찾아서』를 읽으며 나는 적어도 그렇게 추론하게 됩니다. 왜냐하면 이러한 책들을 읽는 것은 감각기관에다 신기한 백내장 수술을 하는 것 같아서 그 이후로 우리는 더욱 강렬하게 보게 되지요. 세상은 그 덮개를 벗고 더욱 강렬한 삶을 부여받게 되는 것 같습니다. 실재가 아닌 것과 반목하며 사는 사람들은 부러워해야 할 사람들입니다. 자신이 알지도 못하고 관심도 기울이지 않은 채 행해진 일들로 머리를 얻어맞는 사람들은 가련한 사람들이지요. 따라서 내가 여러분에게 돈을 벌고 자신의 방을 가지라고 부탁할 때 나는 여러분이 이 실재의 현존 안에서, 활기를 북돋워주는 삶으로 보이는 그런 삶을, 그것을 남에게 전할 수 있든 없든 간에, 살아가기를 부탁하고 있는 것입니다.

여기서 나는 멈추려 합니다. 그러나 관습의 압력이 명령하기를 모든 연설은 결론을 맺고 끝나야 한다고 하네요. 그리고 여성들을 향한 연설의 결론은 특별히 고양시키고 고상하게 해주는 무엇인가를 지녀야 한다고 여러분은 이구동성으로 말할 것입니다. 나는 여러분이 자신의 책임을 기억하여 더 고귀하고 더 영적으로 되라고 애원을 해야만 하고, 얼마나 많은 것이 여러분에게 달려 있으며 여러분이 미래에 어떤 영향을 미칠 수 있는가를 상기시켜 드려야만 하겠지요. 하지만 이러한 권고란, 내가 해낼 수 있는 것보다 훨씬 더 우렁찬 웅변으로 그것들을 표현해낼 것이며 실제로 그렇게 해온 다른 성에게 안전하게 맡겨질 수 있지요. 내 자신의 마음을 샅샅이 뒤져봐도 나는 남성의 동료나 남성과 대등한 사람이 되어 더 고귀한 목적을 향해 세상에 영향을 끼쳐보고자 함에 대해서는 어떠한 숭고한 감정도 발견하지를 못하니까요. 알고 보니 나는 그저 다른 무엇이 되기보다 자기 자신이 된다는 것이 훨씬 더 중요한 일이라고 간략하고도 단조롭게 스스로 말하고 있는 것이지요. 만일 내가 그 말을 고귀하게 들리도록 하는 법을 안다고 한다면 다른 사람에게 영향을 주고자 하는 것은 꿈도 꾸지 말라고 말하는 것일 테지요. 사물을 있는 그 자체로 생각하십시오.

그리고 다시 나는 신문과 소설과 전기들을 띄엄띄엄 주워 읽으며, 여성이 여성에게 이야기할 때 그녀는 무엇인가 매우 불쾌한 것을 소맷자락에 몰래 숨기고 있다는 것을 떠올리게 됩니다. 여성은 여성에게 가혹합니다. 여성은 여성을 싫어합니다. 여성은—그런데 여러분은 이 '여성'이라는 말이 죽을 정도로 싫증나지 않습니까? 나는 넌더리가 난다고 여러분에게 분명하게 말하는 바입니다. 그러면 여성이 여성에게 낭독하는 연설문은 특별히 불쾌한 무엇으로 끝나야 한다는 점에 동의하기로 합시다.

하지만 어떻게 진행해야 할까요? 내가 어떤 생각을 할 수 있을까요? 진실로 나는 종종 여성들을 좋아합니다. 나는 그들이 관습에 얽매여 있지 않은 것을 좋아합니다. 나는 그들의 미묘함을 좋아합니다. 나는 그들의 익명성을 좋아합니다. 나는 좋아합니다―그러나 나는 이런 식으로 계속 나아가서는 안 되지요. 저기 있는 벽장에 ―여러분은 거기에 깨끗한 식탁 냅킨만 있다고 말합니다 ―그러나 아치볼드 보드킨 경[9]이 냅킨 사이에 숨어 있다면 어떻게 되겠습니까? 그러므로 더 엄격한 어조를 띠기로 하지요. 앞서 한 말에서 나는 남성들의 경고와 질책을 여러분에게 충분히 전달하였습니까? 나는 오스카 브라우닝 씨가 여러분을 얕보았다는 것을 이야기하였습니다. 나폴레옹이 한때 여러분을 어떻게 생각하였으며 지금은 무솔리니가 어떻게 생각하는지를 보여주었지요. 그리고 나서 나는 여러분이 픽션을 쓰고자 열망하는 경우를 대비하여 여러분에게 도움이 되도록 자신의 성의 한계를 용감하게 인정하라는 비평가의 충고를 모두 베껴놓았지요. 나는 X 교수를 언급하였고 여성은 지적으로 도덕적으로 그리고 육체적으로 남성보다 열등하다고 하는 그의 진술을 두드러지게 보여주었습니다. 내가 찾아나서지도 않았는데 나에게 찾아든 모든 것들을 제시하였던 것이지요. 그리고 여기에 존 랭던 데이비스 씨로부터의 최종적인 경고가 있습니다. 존 랭던 데이비스 씨는 여성들에게 경고합니다. "아이들이라는 존재가 더 이상 반드시 갖고 싶은 대상이 아니게 되면 여성 또한 반드시 필요한 존재라고 여겨지지 않게 된다"[10]고 말이지요. 나는 여러분이 이것을 기록해두기 바랍니다.

더 나아가 인생살이에 힘을 쓰라고 내가 어떻게 여러분들을 격려할 수 있을까요? 젊은 여성들이여, 나는 말할 것입니다. 주목해주십시오. 연설의 결론이 시작되고 있으니까요. 내 생각으로 여러분들은 수치스러울 정도로 무지합니다. 여러분은 어떤 것이

9 1862~1957, 영국 정부의 관리.
10 존 랭던 데이비스의 『여성사』(원주)

든 중요한 발견을 한 적이 없지요. 여러분들은 제국을 흔들어놓거나 전장으로 군대를 이끌어간 적이 없지요. 셰익스피어의 희곡들은 여러분에 의해 쓰인 것이 아니며 여러분들은 야만족을 문명의 축복으로 안내한 적도 없습니다. 여러분의 변명은 무엇입니까? 여러분이, 교통 왕래와 사업과 사랑 만들기에 모두들 바쁘게 종사하고 있는 그런 흑인과 백인과 커피색 피부빛의 주민들로 가득 찬 지구의 거리와 광장과 숲을 가리키며, 우리는 다른 일들을 맡아왔지요 하고 말하는 것은 타당한 일일지도 모릅니다. "우리가 그 일을 하지 않았더라면 사람들이 저 대양을 항해하지도 않았을 것이며 저 비옥한 땅은 사막이었을 거라고요. 통계에 의하면 우리는 오늘날 현존하는 십육억이천삼백만이나 되는 인간들을 낳아서 아마도 여섯, 일곱 살이 되도록 기르고 씻기고 가르쳤으며, 이 일이란 어떤 여성들은 도움을 받았다손 치더라도 시간이 걸리는 거라고요."

여러분이 말하는 것에도 일리는 있지요—나는 그것을 부인하지 않을 것입니다. 그러나 동시에 1866년 이후로 영국에는 여성을 위한 적어도 두 개의 칼리지가 존재했으며[11] 1880년 이후에는 결혼한 여성들이 합법적으로 자신의 재산을 소유할 수 있도록 허용되었으며 그리고 1919년에는—그것은 만 구 년 전이지요—여성에게 투표권이 주어졌다는 사실을 내가 여러분에게 상기시켜드려도 되겠습니까? 또한 대부분의 전문 직업이 여러분에게 개방된 지도 이제 근 십 년 가까이 되었다는 것을 일깨워드려도 되겠습니까? 여러분이 이러한 막대한 특권에 대해, 그것들을 누려온 시간의 길이에 대해, 그리고 이런저런 방법으로 일 년에 오백 파운드를 벌어들일 능력이 있는 여성이 이 순간에 약 이천 명

11 거튼과 뉴넘. 거튼은 1869년, 뉴넘은 1871년에 설립되었다.

가량은 틀림없이 있다고 하는 사실에 대해 숙고해본다면 기회와 훈련과 격려와 여가와 돈이 부족하다고 하는 변명은 더 이상 유효하지 않다는 것에 동의할 것입니다. 게다가 경제학자들은 시튼 부인이 아이들을 너무 많이 낳았다고 우리에게 말하고 있습니다. 물론 여러분도 계속 아이들을 낳아야만 하지요. 그러나 이를테면 열 명, 열두 명이 아니라 두 명, 세 명을 이야기하겠지요.

그리하여 여러분의 수중에 남게 되는 시간과 두뇌 속의 책을 통한 학식을 가지고—여러분은 다른 종류의 학식은 충분히 가졌으며, 의심컨대 어느 정도는 무지하기 위해 대학에 보내지요—확실히 이제 여러분은 매우 길고도 매우 고되며 매우 불분명한 경력의 또 다른 단계로 들어가야만 하지요. 여러분이 무엇을 해야 하고 어떤 영향력을 가질 것인가를 제시하기 위해서 수천 개의 펜이 준비되어 있지요. 나 자신이 제안하는 바는, 스스로 인정하건대 다소 환상적이며, 따라서 나는 그것을 차라리 픽션의 형태로 표현하고 싶습니다.

나는 이 연설문 도중에 셰익스피어에게 여동생이 있었다고 말하였는데 그러나 시드니 리 경의 시인전에서 그녀를 찾지는 마십시오. 그녀는 젊어서 죽었고—슬프게도 글 한 줄도 쓰지 못하였으니까요. 그녀는 엘리펀트 앤 캐슬 공원 맞은편 버스들이 정차하는 곳에 묻혀 있지요. 자, 이제 내 믿음인즉 글 한 줄도 쓰지 못하고 교차로에 묻힌 이 시인이 여전히 살아 있다는 것이지요. 그녀는 여러분 안에 그리고 내 안에 그리고 설거지를 하고 아이들을 침대에 재우느라 오늘 밤 이곳에 참석하지 못한 수많은 다른 여성들 안에 살아 있습니다. 그녀는 살아 있지요. 위대한 시인은 죽지 않으니까요. 그들은 계속 현존하는 존재입니다. 그들은 육체를 통해 우리들 사이를 걸어다닐 기회만을 필요로 하고 있습니다. 내가 생각하기에 이 기회를 그녀에게 부여하는 일이 이제 여러분의 능력 안으로 들어오고 있습니다. 왜냐하면 나는 이렇게 믿고 있으니까요. 우리가 또 다른 한 세기 정도를 살게 되면—우리가 개인으로서 살아가는 따로따로의 작은 삶들이 아니라 진정한 삶이 되는 공동의 삶에 대해 이야기하는 것이지요— 우리 각자가 연 오백 파운드와 자신의 방을 가진다면, 우리가 자유의 습관과 자신이 생각하는 바를 그대로 써 내려가는 용기를 가진다면, 우리가 공동의 응접실에서 조금은 빠져나와 인간을 늘 서로서로와의 관계에서가 아니라 실재와의 관계에서 보게 되고 또한 하늘과 나무를 혹은 무엇이든 간에 그것을 그 자체로서 보게 된다면, 어떤 인간도 시야를 막아서는 안 되므로 밀턴의 악령을 넘어 바라보게 된다면, 매달릴 팔은 없는 것이며 다만 우리는 홀로 나아가고 우리는 남자와 여자들의 세계뿐만 아니라 실재의 세계와도 관계를 맺고 있다고 하는 사실을(이것은 사실이니까요) 우리가 직면하게 된다면, 그러면 그 기회는 올 것이며 셰익스피어의 누이였던 그 죽은 시인이 그렇게 자주 내던졌던 육체를 입게 될 것입니다. 그녀는 그녀의 오빠가 앞서 한 대로 선구자인 무명 시인들의 삶으로부터 자신의 생명력을 끌어내어 태어날 것입니다. 그런 준비 없이, 우리 쪽에서의 그런 노력 없이, 즉 그녀가 다시 태어났을 때 이제 살아가고 시 쓰는 일이 가능하다는 것을 그녀가 알게 하도록 하겠다는 결심 없이 그녀가 다시 온다는 것은 기대할 수가 없습니다. 그것은 불가능한 일일 테니까요. 그러나 우리가 그녀를 위해 일한다면 그녀는 다시 올 것이며 그런 일을 한다는 것은 가난과 무명 속에서라도 가치 있는 일이라고 나는 주장하는 바입니다.

해설

'자기만의 방'을 위하여

1929년에 출간된 버지니아 울프의 작품 『자기만의 방』은 이제 더 이상 한국 독자들에게 낯설지 않다. 페미니스트 문학론과 여성 작가론, 그리고 페미니즘 일반에 관심이 있는 독자에게 이미 이 작품은 그냥 지나칠 수 없는 필독서가 되어 있는 게 사실이다. 그러나 그 중요성이 인정되는 만큼 이 작품을 제대로 이해하려는 노력이 또한 뒤따르고 있는가 하는 문제에 이르면 선뜻 긍정적으로 답하기가 어려운 실정이다. 오히려 많은 독자들은 비교적 길이가 짧고 쉬운(?) 산문으로 씌어져 흔히 비소설, 에세이류로 분류되는 이 작품을 울프의 다른 소설보다는 '만만하다'고 생각하는 경향이 있다. 따라서 그것을 자세히 정독하기보다는 나름대로 성급한 결론을 내리기 일쑤다. 가령 '자기만의 방'이라는 작품 제목과, 그것에 짝지어 자주 언급되고 있는 '연간 오백 파운드'라는 말로 어림잡아 이 작품이 '여자들도 자기만의 방과 넉넉한 돈을 가져야 한다'는 별로 새로울 것이 없는 주제, 즉 여성 일반의 경제적 독립의 필요성을 다시 한 번 확인시켜준다고 이해하는 데서 머물고 만다. 또는 그러한 여성의 사회적 · 경제적 독립을 가로막고 저해하는 가부장제 아래의 여성의 억압적 상황과 삶의 조건을 저자가 역사 자료를 들어 구체적으로 실증해주고 동시에 문학적 상상력을 발휘하여 실감 있게 파헤치고 있다고 박수를 보내는 데서 그치고 만다. 아니면 그 반대로—사실은 같은 동전의 다른 면일 뿐인 논리로—한 걸음 더 나아가 울프가 페미니스트 전사, 즉 여성의 억압을 고발하고 여성의 해방과 독립을 앞장서서 부르짖는 급진적 활동가이기를 기대하는 독자는 끝내 이 작품과 더불어 울프가 성이 차지 않는다며 불만과 비난의 화살을 쏘아대기도 한다.

　사실 이 작품을 조금만 더 주의 깊게 읽어나가기 시작하면, 기대에 찬, 호전적인 페미니스트라면 누구라도 실망하고 당황할 수밖에 없는 여러 문학 요소들을 발견하게 된다. 가령 여성 억압의 설움의 역사와 그 안에서의 여성의 구체적인 고통과 고난의 경험을 흐트러지지 않은 분명한 목소리로 피력해주리라 기대되는 울프의 글에서, 막상 그녀의 목소리는 주체가 바뀌는 여러 화자를 따라 수시로 변해가고 있다. 즉, 이 작품의 화자인 '나'는 저자 자신인 듯하다가는 그녀의 친구로 설정된 메리 시튼이라는 허구적 인물(페르소나persona)이 되었다가, 다시 불분명한 '나'로 있다가는 또 다른 페르소나인 메리 비튼으로 혼란스럽게 옮겨간다. 그리하여 단일한 주체임을 거부하는 화자 '나'는 아무래도 여성의 평등과 해방이라는 정치 목적을 일사불란하게 하나의 목소리로 호소하는 데에는 얼마든지 걸림돌로 기능할 수가 있는 것이다. 게다가 화자 '나'는 힘 있게 자기 주장을 펴나가는 듯하다가는 말줄임표(……) 뒤로 꼬리를 감추기도 하며, 진지하고 심각해지는가 싶으면 장난스러운 유희를 즐기고 있다(사실인즉 울프의 다른 모든 작품에서와 마찬가지로 이『자기만의 방』에서도 작가가 보여주는 여러 빛깔의 유머를 발견하지 못한다면 우리는 그녀의 작품을 절반도 즐기지, 아니 이해하지 못하는 셈이 된다). 물론 이 회화적 유희들은 그 안에 날카로운 풍자와 조소와 비판이라는 아이러니의 독침을 품고 있는 경우가 대부분이지만, 그녀가 토해내는 열변의 흐름을 끊기에는 분명 충분한 것이다. 또한 설명적이라기보다는 자주 암시적이며, 겸양의 제스처를 보이고, 공격적이라기보다는 방어적이며, 분노와 같은 부정적인 감정은 최대한 배제하려는 이 작품의 부드러운 대화체적 표면 구조와, 여러 시·공간을 넘나들며 구술하는 의식의 흐름이라는 모더니스트 기법의 심심찮은 등장은 페미니스트적 열변을 식히고 희석하는 데 분명히 일조를 하고 있다.

여기서 반드시 짚고 넘어가야 할 점은, 이렇듯 혼란스럽고 모순되고 문제의 초점을 흐려놓는 듯한 문학 요소와 그것이 만들어내는 이 작품의 다중적 관점과 다층적 구조라는 것이 사실은 울프 자신의 페미니즘과 불가분의 관계에 놓여 있다는 것이다. 우리가 설령 페미니즘을 언급하지 않으면서 울프의 작품들을 논할 수 있을는지는 몰라도—사실 이것은 거의 불가능한 일이거나 공허한 비평으로 끝이 난다—작가라는 주체 위치subject position를 고려하지 않고 그녀의 페미니즘을 논하는 것은 한마디로 어불성설이다. 다른 많은 작가에서와 마찬가지로 울프에게 문학과 글쓰기는 정치 메시지를 전달하기 위한 효과적인 수단이 아니다. 『자기만의 방』의 마지막 「제6장」 거의 끝부분에서 말하고 있듯이 울프의 글쓰기는 그 자체가 "자기 자신이 되고" "사물을 있는 그대로 보고" "실재reality"를 파악하는 일이다. 따라서 처녀작인 『출항』(1915)에서부터 시작된, 적절한 문학 형식을 찾아나선 울프의 모더니스트적 항해는 바로 그녀의 내면세계를 탐험하는 것과 다르지 않으며, 그 내면세계의 기저에 놓여 있는 것이 바로 성gender의 문제이다.

이런 맥락에서 보면 흔히 페미니스트 팸플릿 혹은 페미니스트 평론으로 간주되는 이 『자기만의 방』을 처음에 '여성과 픽션'이라고 명명하였다는 것은 이상한 일이 아니다. 이 작품의 맨 앞에 따로 밝혀두었듯이, 울프는 1928년 케임브리지 대학에 속해 있는 뉴넘과 거튼이라는 두 여자만의 칼리지에서 행한 '여성과 픽션'이라는 주제의 강연문을 수정, 증보하고 『자기만의 방』이라고 개명하여 이 작품을 펴냈던 것이다. 이 책이 출간된 것은 이듬해인 1929년으로 이미 그녀의 주요 걸작 소설로 정전화된 『댈러웨이 부인』(1925)과 『등대로』(1927), 그리고 『자기만의 방』과 거의 동시에 집필했다는 『올랜도』(1928)를 발표하고 난 이후이다. 따라서 한 여성으로서 그리고 성공적인 직업 작가로서 인생과 예술의 성숙기를 맞고 있는 마흔일곱 살의 울프가 이 작품을 썼다고 하는 사실은 결코 간단하지 않은, 그녀의 예술과 페미니즘의 관계에 대해 시사하는 바가 크다.

우선 우리가 알아두어야 할 점은 울프가 작중인물의 내면 의식에 초점을 맞춘 의식의 흐름과 병렬식의 파편적 서술 기법 등을 사용한 모더니스트 작가라고 해서 그녀가 몽상적이며 비현실적인 관념주의자라고 생각한다면 그것은 오산이라는 점이다. 그녀의 일기와 산문이 말해주듯이, 그녀는 말하자면 콩나물 하나 값의 차이를 의식하는 매우 실제적practical이고 현실적인 사람이었다. 이 작품의 「제3장」 첫부분에서의 비유처럼 허공 중에 저절로 떠 있는 듯한 거미줄이 사실은 단단한 벽에 붙어 있는 것처럼 픽션을 쓴다든가 하는 지적인 작업들이, 가령 아무리 상상력에 의한 것이라고 하더라도 돈과 집, 방, 건강과 같은 지극히 구체적이고 물질적인 것에 의해 지대한 영향을 받는다는 것을 잊은 적이 없는 작가였다. 따라서 작가가 되기 위해서는 여자들도 최소한 자기만의 방과 연간 오백 파운드의 돈이 있어야 한다고 울프가 주장하는 것은 당연한 일이다.

그리하여 잘 알다시피 울프는 이 작품의 첫 페이지부터 '존재가 의식을 결정하는' 부분에 대해 상당한 역점을 두고 있다. 특히 맨 첫 장은 남자 대학에서의 성대한 오찬과 여자 대학에서의 초라한 정찬을 대비해서 보여주고, 이 두 대학의 설립 과정에서 나타나는 비교할 수 없는 차이와 1882년까지 재산권을 갖지 못한 기혼 여성들의 열악한 경제 여건을 실감나게 그려내고 있다. 여기서 화자는 노골적으로 "좋은 저녁 식사를 하지 않으면 생각도 사랑도 잘할 수 없으며 잠도 잘 잘 수가 없"고 "척추 속의 램프", 즉 우리의 정신 활동에 불을 밝힐 수 없다고 말하는데 이런 견해는 작품의 여기저기에서 계속 되풀이되고 있다.

그런데 여성이 작가가 되려고 할 때 요구되는 최소한의 물질적 필요조건에 대한 이러한 명확한 인식은 글의 서두에서 재론의 여지 없이 이미 분명히 드러나고 있다. 그것으로 보아서도 그것은 차라리 이 작품에서 주어진 기본 사항이며 다른 주된 논점의 출발점을 이룬다고 볼 수 있다. 이것은 울프가 첫 장을 마무리하며 '여성은 왜 가난하며 여성 작가의 마음에 가난은 구체적으로 어떤 영향을 미치는가?'라는 질문을 던진 다음 나머지 다섯 장에서 그 답을 찾아가면서 보다 미묘하고 복잡한 성의 이데올로기 세계로 들어가고, 거기서 성의 정치학과 문학의 정치학의 관계를 분석하고 있는 이 글의 의미 구조에서도 다시 한 번 확인된다.

「제2장」에서 화자는 남성의 여성에 대한 수도 없이 많은 견해와 논평을 살펴보면서 거기에서 하나의 공통점, 즉 전쟁과 제국

주의를 야기하는 가부장들의 복합심리를 발견한다. 즉, 남성은 우월함을 느낌으로써 자신의 정체성identity을 확인하기 위해 여성을 열등하게 여기고, 따라서 여성은 남성을 실제 크기보다 두 배로 늘려서 반사시켜주는 확대경의 역할을 해왔다는 것이다.

「제3장」에서는 남성의 픽션 속에 재현되고 있는 모습과는 달리 여성이 실제로 어떠한 사회적 억압을 받아왔는가를 역사가를 인용, 설명하면서 동시에 그러한 기록조차 부족함을 발견한다. 그래서 화자는 역사에서의 여성의 부재를 상상력으로 메우기 위해 셰익스피어의 누이동생을 가상하고, 16세기에 셰익스피어와 같은 재능을 가진 여성이 있었다면 물질적 어려움보다 더욱 가혹한 무형의 적대감과 억압으로 틀림없이 비극적인 삶을 살았으리라고 이야기한다.

「제4장」은 그 이후 17세기부터 글을 쓰기 시작한 여성 작가들이 ― 주로 귀족 부인들이 ― 온갖 사회적 장애에 부딪히면서 자신들의 비전을 변경할 수밖에 없었으며 따라서 어떻게 그들의 마음과 작품이 꼬이고 뒤틀리게 되었는가를 시대적으로 살펴보고 있다. 여기서 화자는 18세기 말 애프라 벤 같은 중산층 여성이 글을 쓰기 시작한 것은 역사적인 일이라고 특기하며, 19세기의 제인 오스틴과 샬럿 브론테를 대비시켜 각각 칭송, 비판하면서 여성 작가들이 당면한 가장 큰 어려움으로 적절한 문장과 여성 문학 전통의 부재를 들고 있다. 이러한 어려움을 극복해나갈 나름대로의 방향 제시를 하고 있는 마지막 「제5장」과 「제6장」은 이 작품의 가장 중요한 부분이며, 여기서 울프는 여성이며 작가로서의 자신의 위치를 설명하고 정당화하고 있다 해도 과언이 아니다.

「제5장」에서 화자는 20세기 초의 한 사람의 여성 작가와 작품을 가상하여 이제 예술로서의 여성의 글쓰기는 여러 장애물을 뛰어넘어, 쓰고 싶은 것을 쓰고 싶은 문체로 구현해야 하며, 따라서 여성은 이제 남성과의 관계에서만이 아니라 여성 그 자체로 혹은 다른 여성과의 관계에서 보이고, 또한 여성만의 복잡한 특성과 세계가 재현되어야 한다고 주장한다. 그러기 위해서는 전통적인 문장과 연결 순서가 깨뜨려져야 하는데, 단 여성 작가는 자신이 여성이라는 자의식을 놓고 글을 쓸 때에만 참다운 시인이 될 것임을 역설한다.

마지막 「제6장」에서 화자는 앞서 말한 비전을 실현하기 위해서 작가는 반드시 셰익스피어와 같은 양성적androgynous 마음을 지녀야 한다고 말하는데, 이는 작가가 자신의 성性에 대해서조차 걸림이 없이 글을 씀으로써 실재reality를 구현하는, 시간과 공간의 보편성을 지닌 채 백열광으로 타오르는 작품을 남기기 위해서라고 한다. 이렇게 여성들이 노력할 때에만 비로소 셰익스피어 동생 같은 위대한 여성 시인이 태어나리라고 강조하며 끝을 맺는다.

앞서 이 해설의 서두에서 암시되었고 작품 전체의 이러한 논의 전개에서 드러나듯이, '자기만의 방'과 '오백 파운드의 돈'의 일차원적 의미의 관점에서, 그리고 가부장제 아래 여성의 억압과 그것으로부터의 해방이라는 관점에서 이 작품을 보고 마는 것은 작품에 대한 정당한 대우가 아니며 알맹이를 놓치는 일이다. 이런 견해의 타당성은 우선 이 글의 끝부분에서 울프가 이제는 (1929년경) 영국에도 여성을 위한 두 개의 칼리지가 있고, 기혼 여성에게 재산권과 투표권이 주어졌으며, 대부분의 전문 직업이 여성에게 개방된 지도 십 년이 되었고, 일 년에 오백 파운드를 벌어들이는 여성들이 적지 않으므로 이제 여성 작가가 기회와 훈련과 격려와 여가와 돈이 부족하다고 변명하는 것은 더 이상 유효하지 않다고 말하는 데서 잘 나타난다. 그것은 또한 더 의미심장하게, 많은 독자와 비평가들이 간과하거나 연결을 짓지 못하지만 명백히 겉으로 드러난 논의상의 중요한 모순 중 하나, 즉 두려움과 분노 없이 자신을 표현해냈다고 울프가 그렇게도 칭송해 마지않던 제인 오스틴이 자기만의 방도, 오백 파운드도 가져본 적이 없는 작가였다는 사실이 시사해주는 바에서 나타난다.

울프의 다층적인 페미니즘과 문학의 관계가 여기서 그 실체를 드러낸다. 오늘날 우리는 단수로서의 페미니즘이 아닌 복수로서의 페미니즘스feminisms를 말하고 있는데, 울프 안에서는 이미 이 후자의 페미니즘스가 그녀의 글쓰기와 맞물려 내재되어 있었던 것이다. 사소해 보이는 단어 하나, 혹은 문장 하나가 표면적 의미를 뒤집을 수도 있다고 하는 후기구조주의 비평 이론의 읽기법에서 도움을 얻자면, 「제1장」의 끝에서 화자가 남자 대학의 도서관 출입을 거부당한 후 "문이 잠겨 못 들어가는 것은 얼마나 불쾌한가", 그러나 "문이 잠겨 나오지 못하고 갇혀 있는 것은 어쩌면 더욱 고약한 일인지도 모른다" 하고 말하는 것에는 큰 의미가 담겨 있다. 문제투성이인 가부장제 아래서 한 자리를, 혹은 자기 방 하나를 차지한다고 능사는 아닌 것이다. 울프가 말하는 '자기만의 방'은 "여성이 남성처럼 글을 쓰고, 남성처럼 살고, 남성처럼 보이"기 위한 곳은 아닌 것이다. 울프는 이 글의 여러 군데에서, 특히 후반부에서 암시되고 있듯이, 가부장제 재현 체계의 그물에 걸려들지 않은, 아니 걸려들 수가 없는 여성 고유의 가치와 "기록되지 않은 몸짓과 말해지지 않은 또는 반쯤 말해진 것들"의 위력을 인지하고 있었다. 남성들이 아무리 열등하게 보려 해도 못나지지가 않는 여성의, 그녀의 어머니들의 "복잡한 특성"과 "고도로 발달된 창조적 기능"은, 따라서 보이지 않는 세계에 속하는 셈이 되고 여성 작가가 이 보이지 않는 세계를 재현하는 데에는 새로운 언어, 새로운 문장, 새로운 연결 순서가 필요한 것이다. 더구나 사회 일반이 여성에게 여전히 억압적일 때는 더더욱 그러하다. 그러므로 겉으로 드러난 행동과 말과 상황에 초점을 맞춘 사실주의 기법이나 자기주장적 연설문의 형식을 그녀가 거부하고 "문장과 연결 순서가 깨뜨려지는" 모더니즘을 택해나간 것은 당연한 일이다. 그래서 그녀가 17세기와 19세기에 걸친 여성 작가들을 시대적으로 고찰하면서도 여성 문학의 전통과 도구가 부재한다고 개탄했을 때 울프는 바로 그 여성 작가들이, 가부장제의 억압에 분노만 터뜨릴 것이 아니라 여성만의 독특한 가치를 인정하고 표현해내려는 노력을 게을리했다는 것을 지적하고 있다.

원본으로는 1929년 판 Harcourt, Brace & Jovanovich, Inc.의 『*A Room of One's Own*』을 사용했음을 밝혀둔다.

오진숙

버지니아 울프 연보

1882년   1월 25일, 런던 켄싱턴에서 출생.

1895년   5월 5일, 어머니 사망, 이해 여름에 신경증 증세 보임.

1899년   '한밤중의 모임Midnight Society'을 통해 리튼 스트레
            이치, 레너드 울프, 클라이브 벨 등과 친교를 맺음.

1904년   아버지, 레슬리 스티븐 사망. 5월 10일, 두 번째 신
            경증 증세 보임. 이 층 창문에서 투신자살을 시도하
            나 미수에 그침. 10월, 스티븐 가의 네 남매, 토비,
            바네사, 버지니아, 에이드리안은 아버지의 빅토리
            아 시대를 상징하는 하이드 파크 게이트를 떠나 블
            룸즈버리로 이사함. 12월 14일, 서평이 『가디언The
            Guardian』에 무명으로 실림.

1905년   3월 1일, 네 남매가 블룸즈버리에서 파티를 열면서
            이후 '블룸즈버리 그룹Bloomsbury Group'이라는 예
            술가들의 사교적인 모임을 탄생시킴. 정신 질환 앓
            음. 네 남매가 함께 대륙 여행을 함. 근로자들을 위
            한 야간 대학에서 가르침. 『타임스The Times』의 문예
            부록에 글을 실음.

1906년   오빠인 토비가 함께했던 그리스 여행에서 돌아온
            후 장티푸스로 사망.

1907년   블룸즈버리 그룹을 통해 덩컨 그랜트, J. M. 케인스,
            데스몬드 매카시 등과 친교를 맺음.

1908년	후에 『출항The Voyage Out』으로 개명된 『멜럼브로지어』를 백 장가량 씀.
1909년	리튼 스트레이치가 구혼했으나, 결혼이 성사되지 않음.
1910년	1월 10일, 변장을 하고 에티오피아 황제 일행이라 사칭하고 전함 드래드노트 호에 탔다가 신문 기삿거리가 됨. 7~8월, 요양소에서 휴양. 11~12월, 여성 해방 운동에 참가.
1911년	4월, 『멜럼브로지어』를 8장까지 씀.
1912년	1월 11일, 레너드 울프가 구혼함. 5월 29일, 구혼을 받아들여 8월 10일 결혼.
1913년	1월, 전문가로부터 아기를 낳는 것이 건강에 좋지 않다는 진단 결과를 들음. 7월, 『출항』 완성. 9월 9일, 수면제 백 알을 먹고 자살 기도.
1914년	8월 4일, 제1차 세계대전 발발. 리치몬드의 호가스 하우스로 이사.
1915년	최초의 장편소설 『출항』을 이복 오빠가 경영하는 덕워스 출판사에서 출간.
1917년	수동 인쇄기를 구입하여 7월에 부부가 각기 이야기한 편씩을 실은 『두 편의 이야기Two Stories』를 출간.
1918년	3월, 두 번째 장편 『밤과 낮Night and Day』 탈고. 몽크스 하우스를 빌려 서재로 사용.
1920년	7월, 단편 「쓰어지지 않은 소설An Unwritten Novel」 발표. 10월, 단편 「단단한 물체들Solid Objects」 발표, 『제이콥의 방Jacob's Room』 집필.
1921년	3월, 실험적 단편집 『월요일 아니면 화요일Monday or Tuesday』을 호가스 출판사에서 출간. 「유령의 집 A Haunted House」, 「현악 사중주The String Quartet」, 「어떤 연구회A Society」, 「청색과 녹색Blue and Green」

등이 수록됨. 11월 14일, 세 번째 장편『제이콥의 방』 완성.

1922년	심장병과 결핵 진단을 받음. 9월에 단편「본드 가의 댈러웨이 부인Mrs Dalloway in Bond Street」을 씀. 10월 27일,『제이콥의 방』출간.
1923년	진행 중인 장편『댈러웨이 부인Mrs Dalloway』을『시간들The Hours』로 가칭함.
1924년	5월, 케임브리지의 '이단자회'에서 현대 소설에 대해 강연. 그 원고를 정리한『베넷 씨와 브라운 부인Mr Bennet and Mrs Brown』을 10월 30일에 출간.『댈러웨이 부인』완성.
1925년	5월,『댈러웨이 부인』출간. 장편『등대로To the Lighthouse』구상, 장편『올랜도Orlando』계획.
1927년	1월 14일,『등대로』출간. 5월에 단편「새 옷The New Dress」발표.
1928년	1월, 단편「슬레이터네 핀은 끝이 무뎌Slater's Pins Have No Points」발표. 3월,『올랜도』탈고. 4월에 페미나Femina상 수상 소식 들음.
1929년	3월, 강연 내용을 보필한『여성과 소설Woman and Fiction』완성. 10월에『여성과 소설』을『자기만의 방A Room of One's Own』으로 개명하여 출간. 12월에 단편「거울 속의 여인: 반영The Lady in the Looking-Glass: A Reflection」발표.
1931년	『파도The Waves』출간.
1933년	1월,『플러쉬Flush』탈고.
1937년	3월 15일, 장편『세월The Years』출간.
1938년	1월 9일,『3기니Three Guineas』완성. 4월, 단편「공작부인과 보석상The Dutchess and the Jeweller」발표, 20년

전의 단편「라뺑과 라삐노바Lappin and Lapinova」개필.

1939년	리버풀 대학에서 명예박사 학위를 수여하려 했으나 사양함. 9월, 독일의 침공, 런던에 첫 공습이 있었음.
1940년	8~9월, 런던에 거의 매일 공습이 있었음. 10월 7일, 런던 집이 불탐.
1941년	2월,『막간Between the Acts』완성. 3월 28일 오전 11시 경, 우즈 강가의 둑으로 산책을 나간 채 돌아오지 않음. 강가에 지팡이가, 진흙 바닥에 신발 자국이 있었음. 이틀 뒤에 시체 발견. 오랫동안의 정신 집중에서 갑자기 해방된 데서 오는 허탈감과 재차 신경 발작과 환청이 올 것에 대한 공포 등이 자살 원인이라고 추측함. 7월 17일, 유작『막간』출간.

옮긴이 **오진숙**

연세대학교 영문과와 동 대학원을 졸업하고 미국 로드아일랜드 대학에서 영문학 석사·박사 학위를 받았다. 논문으로 「The Politics of Representation/Reading: A Feminist Critique of V. Woolf」가 있으며 현재 연세대학교 학부대학 대학영어과 교수로 재직하고 있다.

버지니아 울프 전집 11
자기만의 방 A Room of One's Own

1판 1쇄 발행	2019년 7월 26일
1판 2쇄 발행	2020년 9월 25일
지은이	버지니아 울프
옮긴이	오진숙
펴낸이	임양묵
펴낸곳	솔출판사
기획	임정림
편집	윤진희 최찬미 윤정빈
디자인	오주희
마케팅	이원지
제작관리	박정윤
주소	서울시 마포구 와우산로29가길 80(서교동)
전화	02-332-1526
팩시밀리	02-332-1529
홈페이지	www.solbook.co.kr
이메일	solbook@solbook.co.kr
출판등록	1990년 9월 15일 제10-420호

© 오진숙, 2019

ISBN	979-11-6020-082-9	(04840)
	979-11-6020-081-2	(세트)